LA CARAVANE
DES 102 LUNES

DU MÊME AUTEUR

ROMANS JEUNESSE

Les Griffes de l'empire, Pierre Tisseyre, coll. « Conquêtes », 1986.

L'Empire chagrin, Héritage, coll. « Échos », 1991.

Les Lucioles, peut-être, Héritage, coll. « Échos », 1994.

Les Démons de Babylone, Héritage, coll. « Échos », 1996.

Absence, Héritage, coll. « Échos », 1996.

La Marque des lions, Boréal, coll. « Inter » 2002.

L'Intouchable aux yeux verts, Hurtubise HMH, coll. « Atout », 2004.

La Déesse noire, Boréal, coll. « Inter », 2004.

Le Ricanement des hyènes, La courte échelle, 2004.

Les Crocodiles de Bangkok, Hurtubise HMH, 2005.

Les Tueurs de la déesse noire, Boréal, 2005.

ROMANS GRAND PUBLIC

Les Démons de Bangkok, Stanké, 1998.

Des larmes mêlées de cendres, Stanké, 2000.

Les Petits Soldats, Triptyque, 2002.

Les Enfants de chienne, La Veuve noire, coll. « Le Treize noir », 2004.

Une histoire compliquée, La Veuve noire, 2005.

Visitez le site Internet de l'auteur à: www.chez.com/camillebouchard

Courrier électronique: camillebouchard2000@hotmail.com

Camille Bouchard

LA CARAVANE DES 102 LUNES

Boréal

Les Éditions du Boréal remercient le Conseil des Arts du Canada ainsi que
le ministère du Patrimoine canadien et la SODEC pour leur soutien financier.

Les Éditions du Boréal bénéficient également du Programme de crédit d'impôt
pour l'édition de livres du gouvernement du Québec.

Couverture : Stéphane Jorisch

© Les Éditions du Boréal 2003
Dépôt légal : 3ᵉ trimestre 2003
Bibliothèque nationale du Québec

Diffusion au Canada : Dimedia
Diffusion et distribution en Europe : Les Éditions du Seuil

Données de catalogage avant publication (Canada)

Bouchard, Camille, 1955-

La Caravane des 102 lunes

  (Boréal Inter ; 37)
  Pour les jeunes de 10 ans et plus

  ISBN 2-7646-0271-5

  I. Titre. II. Titre : Caravane des cent deux lunes.

PS8553.O756C37   2003   C843'.54   C2003-941488-4
PS9533.O756C37   2003

À Fanta et au petit Mohamed

À Katerie, Rachel et Sarah,
je vous aime

SAHARA
SAHEL

MALI

TOMBOUCTOU
GAO
NIGER
HOMBORI
MOPTI
BAMAKO   DJENNE

DÉSERT DU SAHARA

AFRIQUE

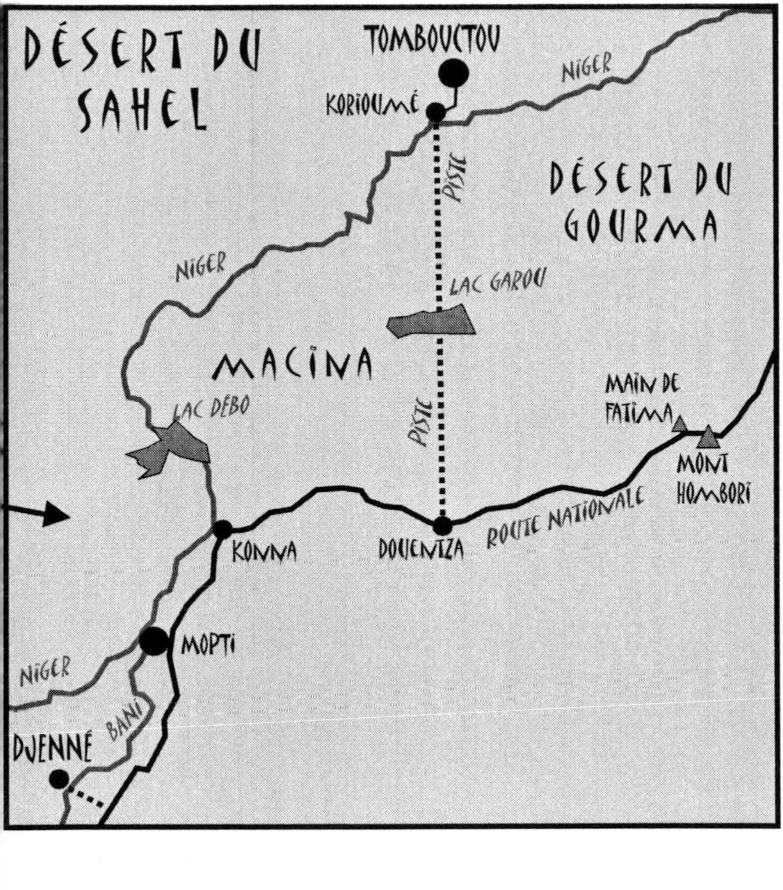
DÉSERT DU SAHEL
TOMBOUCTOU
NIGER
KORIOUMÉ
PISTE
DÉSERT DU GOURMA
NIGER
LAC GAROU
MACINA
MAIN DE FATIMA
LAC DÉBO
PISTE
MONT HOMBORI
ROUTE NATIONALE
KONNA
DOUENTZA
MOPTI
NIGER
BANI
DJENNÉ

Prologue

Le vieux bouc ressemble à Henri Tobin, le principal de l'école. Mêmes yeux ahuris, même façon de mâchouiller en déplaçant la mâchoire inférieure très loin vers la droite, même barbichette poivre et sel en broussaille... Un peu plus et j'aurais l'impression que cette bête stupide va se mettre à parler en répandant les mêmes remontrances : « *Monsieur Gaudet, vous êtes la honte de cette école* », « *Monsieur Gaudet, je ne veux plus vous voir dans mon bureau* », « *Monsieur Gaudet, je vous interdis de prendre cet air arrogant avec moi* ».

Vieille carne ! Et, bien sûr, à force de réprimandes, il a fini par convaincre maman de me faire abandonner le groupe.

« *Maman, ce sont mes amis ! J'ai bien le droit d'avoir des amis ?* »

« *Ce ne sont pas des amis pour toi ; ils n'ont aucun avenir. Qu'est-ce qu'ils feront dans la vie, ces bons à rien ? Ils ne savent que fumer des joints et conduire de dangereux bolides.* »

— Animal stupide !

Le bouc me jette un œil à demi étonné tout en continuant à mâchouiller le bout de papier d'emballage qu'il a prélevé sur le tas d'immondices. Seydou me regarde à son tour :

— Pourquoi tu t'en prends à cette bête ?

— Il me rappelle quelqu'un.

Le regard de Seydou va du bouc à moi, et il me dit, pince-sans-rire :

— Tu as de drôles de relations.

Tobin n'a pas mandaté le secrétaire du conseil disciplinaire pour faire part à mes parents de son mécontentement. Il s'est réservé le plaisir d'écrire lui-même la longue lettre où il signifie à ma mère qu'elle devrait mieux encadrer mes fréquentations et où il renseigne également mon père, ici en Afrique, sur tous les détails de mes dernières frasques : « *… au cas où vous n'auriez pas été mis au courant par votre ancienne épouse, le comportement de votre fils…* ». Et bla-bla-bla !

— Les vieux boucs aiment bien fouiller dans les détritus et en sortir des cochonneries, pas vrai ?

Seydou ne sait trop où je veux en venir avec cette affirmation, mais il se doute bien que mon amertume ne se limite pas à des considérations éthologiques. Il hausse les épaules en feignant de s'intéresser au vol plané d'un vautour qui maraude dans le ciel.

— Les boucs et les chèvres préfèrent les plantes fraîches, mais quand il n'y a rien autour, il leur faut bien se nourrir de quelque chose. Et comme, ici, il y a des déchets partout…

— Ils recyclent, quoi.

— Voilà.

Voilà. Seydou a cette façon de dire « voilà » en accentuant et en haussant d'un ton la deuxième syllabe! D'ailleurs, tout le monde ici semble répondre « voilà » à tout propos avec ce petit crescendo final. Ça m'énerve.

Tout m'énerve d'ailleurs ici. La poussière, les déchets partout dans les moindres recoins, les égouts qui coulent à ciel ouvert au milieu des ruelles, les fientes d'animaux, la boue… C'est sale, repoussant, mal entretenu… Il fait chaud. Ça pue. Salaud de Tobin qui a su si bien convaincre ma mère de ma délinquance qu'elle s'est sentie obligée de m'éloigner de mon groupe d'amis. « *Trop de mauvaise influence sur toi. Tu es si naïf.* »

Naïf? Moi? Personne ne me dictera ce que je dois faire. Fumer deux ou trois petits joints, prendre une petite brosse… ça n'a jamais tué personne. Enfin, je veux dire… oui, bon, il y a eu cet accident où mon ami

Bernard s'est un peu cassé la gueule… et les deux jambes… et le bassin. Il a eu aussi les côtes enfoncées, la mâchoire fracturée, et on pense que sa main gauche ne retrouvera pas complètement sa motricité. O.K., il avait bu pas mal et il ne voulait pas nous écouter quand on lui disait de ne pas prendre la voiture. Finalement, il ne l'a pas prise ; c'est Joël qui conduisait. Joël avait fumé un peu de mari, d'accord, mais c'est à cause de Bernard qu'il a perdu la maîtrise du véhicule, pas à cause des joints. Bernard se préparait à vomir sur la belle console en simili-libois du bras de vitesse, et Joël a cherché à le repousser de la main droite pour lui orienter le visage vers le tapis protège-pantalon. Il n'a protégé ni le pantalon ni la voiture. La main gauche de Joël a suivi le mouvement de la main droite. Et la main gauche tenait le volant.

On était cinq à bord de la voiture du père de Joël et aucun de nous n'avait de permis de conduire. Le paternel de notre ami était en voyage d'affaires à l'extérieur de la ville ; il avait laissé traîner ses clés dans le tiroir de son bureau, à la maison. Le tiroir était verrouillé, mais bon, il les avait laissées traîner là quand même. Bref, on s'est tous retrouvés, d'abord, à l'hôpital, ensuite, au poste de police. Du moins, ceux qui étaient entiers. Joël et Bernard sont toujours à l'hôpital… deux mois après notre soirée.

C'est à la suite de cette virée que maman a paniqué. Elle pleurait, elle criait, elle menaçait et se plaignait tout en même temps. À l'entendre, j'étais à la fois fou, inconscient, stupide et trop brillant pour cette « bande de voyous ». Je voulais sa mort, je me moquais d'elle, je reniais son amour de mère, les efforts (lointains, mais sincères) de mon père, je trahissais l'intensité du moment d'amour que papa et elle avaient connue au moment de ma conception… Enfin, elle ne savait plus quel argument invoquer pour me culpabiliser (au lieu de me plaindre) ni de quel ton user ni quelle solution adopter pour me « remettre dans le droit chemin ». C'est alors, encore une fois, que ce vieux bouc de Tobin s'est permis une de ses suggestions géniales : « *Pourquoi ne l'envoyez-vous pas reprendre son année scolaire en Afrique auprès de son père ? Cela l'éloignerait de la bande de voyous qui l'entraînent dans leurs errements, lui permettrait de côtoyer un modèle masculin qui, de toute évidence lui manque, et vous donnerait en même temps un peu de répit.* »

Pour mon plus grand malheur, ma mère n'a pas dit non tout de suite. Elle n'a pas sauté sur cette idée, bien sûr ; je ne crois pas qu'au départ elle l'ait trouvée séduisante, mais lentement, comme un germe qu'on inocule, la suggestion a fait son chemin, pour se transformer peu à peu en hypothèse, puis en projet, et finalement se concrétiser. Au milieu de ma troisième secondaire, j'ai été expédié sans autre forme de procès dans la demeure plus que sommaire de mon papa, ingénieur consultant pour un organisme humanitaire, au Mali, en Afrique occidentale.

Je ne sais rien de ce pays, je m'en moque comme de ma première Pampers. Je n'y connais personne (à part Seydou, mais c'est tout récent). Il fait chaud, mais on ne peut même pas se baigner car l'eau véhicule plein de maladies (on ne la boit d'ailleurs pas sans l'avoir fait bouillir), des bestioles courent partout dans les maisons. Il n'y a pas de Blancs, rien que des Noirs... Pourquoi est-ce que ma mère m'a fait ça ?

« *Tu verras, tu t'y feras plein d'amis...* »

« *Pourquoi me donner la peine de me faire de nouveaux amis alors que j'en ai déjà tout plein ici ?* »

« *Et tu découvriras de nouvelles cultures,* poursuivait ma mère sans tenir compte de mes protestations, *tu apprendras des histoires étonnantes ; chaque jour t'apportera son lot d'émerveillements et de...* »

« *Je refuse que tu m'exiles comme nos ancêtres acadiens.* »

À ce stade de la conversation, elle a soupiré, à court d'arguments pour me convaincre de partir, et moi je me suis tu, à court d'objections pour la persuader de me garder au Québec. Je suis simplement devenu plus amer avec elle. Plus désagréable.

« *Quentin, arrête de rouspéter et va me chercher cette pile de vêtements, que je les mette dans ta valise.* »

« *Je ne suis pas ton esclave.* »

Ça, c'est l'argument qui la fait généralement exploser, celui dont j'use le plus souvent pour exprimer mon désaccord. Comme toutes les mères, la mienne a l'impression d'en faire trop pour moi et ne supporte pas que je lui refuse mon aide dans les corvées domestiques. Heureusement que je suis d'une nature assez indépendante et forte, sinon je passerais mon temps à sortir les poubelles, à tondre la pelouse, à essuyer la vaisselle, à ranger ma chambre…

« *Quentin, en revenant de l'école, voudrais-tu passer chez le dépanneur acheter du lait?* »

« *Je ne suis pas ton esclave.* »

Non mais.

Je sais que maman s'est vengée de moi. Non pas en m'envoyant en Afrique; ça, c'est pour se débarrasser. Elle s'est vengée de moi en ne mettant dans mes valises que les vêtements que je déteste. Tous ceux que j'aime porter quand je sors avec mes amis ont été oubliés à dessein. Maman s'y connaît pour en faire baver aux hommes; ce n'est pas papa qui va me contredire sur ce point. Il est certain que la vie avec lui est drôlement différente de celle que je mène avec maman. Papa ne me demande jamais rien. Ce n'est pas qu'il respecte mon autonomie, non, c'est simplement qu'il se moque de ce que je fais. De bien ou de mal, il s'en fout. Il part tôt, revient tard (s'il revient); je ne le vois pas. Parfois, quand il s'aperçoit de ma présence, il s'informe de mes progrès scolaires auprès du maître qui vient me voir de façon sporadique. Si on lui répond que tout va bien, il ne cherche pas à en savoir davantage. Il affiche une expression satisfaite, voire admirative, et remet aussitôt le nez dans ses bouquins traitant d'hydrographie souterraine en milieu désertique. Si, au contraire, on lui répond que tout va mal, il affiche une expression satisfaite, voire admirative, et remet aussitôt le nez dans ses bouquins traitant d'hydrographie souterraine en milieu désertique. Mon père se fiche totalement de moi tandis que ma mère envahit ma vie privée jusqu'à l'indécence. Je suis un grand incompris. De l'un comme de l'autre.

— C'est ici, le tombeau de Tapama Djénépo, la jeune fille vierge emmurée vivante.

— Qu'est-ce que tu racontes ?

Seydou m'a tiré de ma rêverie en m'indiquant de son bras maigre et noir ce qui ressemble à une habitation sans toit. Il s'agit d'une enceinte en banco — de la terre séchée — à l'intérieur de laquelle il n'y a rien. De dimensions modestes, elle contiendrait à peine trois ou quatre personnes. Elle surgit comme ça au détour d'une ruelle, dans la poussière et la fange des égouts qui creusent les artères de la ville. Derrière ses murs, on aperçoit les rives du fleuve Bani, couvert de détritus, avec ses clôtures de ronces qui encadrent de petits jardins où poussent laitues et légumes. C'est de là que m'observe en mâchouillant le sosie d'Henri Tobin.

— Tu n'as pas entendu parler de Tapama Djénépo ? s'informe Seydou.

Pour toute réponse, j'esquisse une moue d'indifférence.

— Au moment de la construction de la ville, il y a treize siècles, m'explique-t-il comme si cela m'intéressait, les oracles ont exigé que l'on sacrifie aux dieux une jeune fille vierge afin de chasser les mauvais esprits qui hantaient les lieux. C'est comme ça que Pama, une fille bozo, fut choisie. Elle fut emmurée vivante ici. Le deuil dura sept ans, sept mois et sept jours.

— Quelle bande de sauvages !

Seydou me jette un regard où, au départ, je crois déceler de la colère, mais qui se révèle d'une grande tristesse.

— Ne dis pas ça. Grâce au sacrifice de Pama, cette ville a connu une prospérité sans égale.

Par inadvertance, je mets un pied dans la rigole au milieu de la ruelle.

— Tu parles d'une prospérité !

— « Ta » que l'on place en avant du prénom Pama signifie « grande sœur » ou « mère ». C'est un titre de respect. Les premiers habitants qui ont bâti la ville venaient de Djé, d'où l'appellation de « Djenné », petit Djé. On a ensuite ajouté « Po », à la fin du titre, qui signifie « première victime ». Tapama Djénépo : Mère Pama, première victime de Djenné. C'est son tombeau ; c'est là que reposent ses restes.

Je ne comprends pas. Je ne comprends pas ce garçon de mon âge qui s'émeut à l'idée qu'on ait sacrifié de façon aussi horrible une jeune fille. Je ne comprends pas qu'il s'imagine vivre dans une ville prospère alors qu'on patauge dans les égouts.

Qu'est-ce que je fais ici ? Qu'est-ce que je fais dans ce monde où je ne possède aucun repère, qui n'a rien à voir avec mon Québec froid, mon Québec blanc, propre et parfumé ? Qu'est-ce que je fais dans un pays où les boucs ressemblent à des principaux d'écoles secondaires et mangent les immondices qui encombrent les rues des villes et les rives des fleuves ?

Le livre

Djenné.
Djenné m'a accueilli avec sa poussière et sa chaleur. Avec sa saleté et ses odeurs. Djenné est une bouilloire d'où toute l'eau s'est évaporée, mais qui continue de chauffer sur la cuisinière. J'arrive pourtant en plein mois de janvier… pendant la saison fraîche.

Djenné n'a rien à voir avec ce que nous qualifions, au Québec, de centre urbain. Les maisons de la ville sont toutes construites en banco ou en briques crues, et rares sont celles de plus de trois étages. Généralement, il s'agit d'habitations simples, sans peinture, sans couleurs, au toit plat, entourées de murs qui bordent une cour intérieure. Cinq, six, sept familles, parfois plus, toutes apparentées, élisent domicile dans ces enceintes. Les frères et les sœurs, mariés aux belles-sœurs et aux beaux-frères, se partagent une place centrale et un coin aménagé qui sert de lieu d'aisances. Je ne parle pas ici de toilettes, mais bien d'un trou, à même le sol, que chacun utilise pour faire ses besoins. C'est aussi dans ce lieu que les gens se lavent en s'aspergeant d'eau à l'aide d'une calebasse.

— C'est quoi, la calebasse, papa ?

— C'est le bol, là, me répond-il en désignant une sorte de plat creux, plutôt brunâtre, posé près du seau d'eau. La calebasse est un fruit non comestible qu'on évide et fait sécher pour s'en servir comme d'un récipient. Soit qu'on la coupe en deux pour en faire des bols, soit qu'on la laisse entière pour en faire une cruche.

La belle affaire ! Près du trou qui permet de se soulager, on apporte un seau d'eau dans lequel on puise avec la calebasse pour s'asperger et se rincer. Voilà pour la douche. Et, dès la brunante, l'endroit grouille de coquerelles grosses comme le pouce.

Comme il y a très peu de voitures à Djenné — sauf quelques tacots en ruine et, à l'occasion, le quatre-quatre d'un organisme humanitaire —, il n'y a pas d'asphalte dans les rues. Encore moins de trottoirs. À la nuit tombée, ici et là, une ampoule esseulée jettera une lumière timide sur les passants. Aucun commerce n'arbore une enseigne digne de ce nom. Dès 18 h 30, il fait si noir que se balader dans les ruelles équivaut à coup sûr à revenir à la maison avec les semelles maculées de crottes d'ânes, de chèvres ou de chameaux… quand ce n'est pas de selles humaines.

Dès mon arrivée, j'ai détesté la maison rudimentaire dans laquelle se complaît mon père. Les toilettes sont semblables à celles de toutes les autres habitations, et il n'y a pas d'eau courante. Il nous faut donc utiliser celle qui a été puisée à la fontaine publique. La chambre qu'on m'a attribuée est un vulgaire réduit sans fenêtre, aux murs et au plancher de terre séchée où les lézards s'en donnent à cœur joie. J'ai refusé de partager mon espace vital avec ces dinosaures lilliputiens.

— On les appelle des margouillats, dit mon père. S'il s'en trouve dans ta chambre, tu n'auras pas de cafards.

— De cafards ?

— Des coquerelles.

Il m'a ensuite exhibé à toute la maisonnée. Je croyais qu'il serait fier de me présenter comme son fils de quatorze ans « … et voyez déjà comme il est grand et costaud. Intelligent à part ça. Il doit tenir de son père. » Et les rires convenus de circonstances. Mais non. Il s'est contenté de *« Voici Quentin. Désormais, il va vivre ici. Il doit travailler beaucoup ; il n'a pas de bonnes notes à l'école. »*

J'ai donc fait la connaissance de monsieur Atoï, un sévère professeur engagé pour me donner des cours privés « … *et soyez sans crainte, monsieur Quentin, vous ne perdrez pas votre année scolaire* ». Il y a Aïssata, la grosse voisine qui s'occupe du ménage et des repas, Husseini, l'homme à tout faire, et Seydou, le neveu d'Husseini, qui vient parfois lui donner un coup de main, et qui est devenu mon ami. Ce n'est pas que l'on ait tant de points communs lui et moi, mais il est de mon âge et mon père a demandé à monsieur Husseini de laisser son neveu me servir de guide dans ce monde étrange et déstabilisant. Voilà donc comment je me retrouve coupé de mon univers, rébarbatif vis-à-vis de tout ce qui m'entoure — parce qu'on me l'a imposé —, mais sur le point de vivre la plus extraordinaire aventure qu'il me sera donné de connaître.

*   *   *

Ce matin, j'ai fait croire à monsieur Atoï que j'avais une diarrhée pour faire l'école buissonnière en compagnie de Seydou. Ce n'est pas parce qu'on se trouve à l'étranger que l'on doit perdre ses bonnes habitudes.

— Le Mali est une ancienne colonie française, m'indique mon ami en faisant un pas de côté pour éviter une bouse qui trône au milieu de la ruelle, alors forcément, tout le monde parle plus ou moins français.

— Tout le monde parle français? dis-je en écho.

— Voilà.

Encore ce « voilà » que je déteste.

— Mais ce n'est pas la langue que tu utilises avec ton oncle Husseini?

— Non. Entre nous, on parle peul puisque c'est la langue de notre ethnie.

— Et où apprenez-vous le français?

— À l'école.

— …

— Quand on y va.

J'éclate de rire; Seydou aussi. Nous nous tenons encore les côtes lorsque devant nous, coincé au croisement de deux ruelles exiguës, un âne brame. Prudemment, je le contourne entre deux coups de cravache que lui administre son ânier.

— Ça va, Toubabou? me demande celui-ci.

Toubabou — ou Toubab — est l'épithète dont les Maliens affublent tous les Blancs, quelle que soit leur nationalité. Il paraît que ça vient de toubib, un mot arabe qui signifie « docteur ». Va comprendre.

— Ça va. Et vous, ça va?

Il ne répond pas, mais s'estime salué de retour. Il sourit vaguement à Seydou.

— *I ni sogoma,* dit-il.

— *Mm'ba,* répond Seydou. *I ka kéné wa?*

— *Awo. I ni cé.*

Une fois que nous nous sommes éloignés, je demande :

— Vous vous êtes salués en peul, là, pas vrai ?

— Non, en bambara, dit Seydou. Je connais cet ânier, il est bambara et ne comprend pas bien le peul.

— Alors, tu parles cette langue-là aussi ?

— Avec le bozo et le songhaï.

Je lui lance un regard incrédule. Désinvolte, Seydou n'a pas l'air de vouloir plaisanter.

— Sérieux ? fis-je.

Il lève les sourcils exagérément en hochant la tête avec une attitude qui vise à minimiser sa performance.

— Mais oui. Ce n'est pas si extraordinaire, tu sais. Beaucoup de Maliens parlent plus de dialectes que moi.

— Ça alors. Moi qui me plains d'avoir à apprendre l'anglais.

Il me jette un sourire timide. Son t-shirt sale arbore le visage délavé de Spider-Man. Son pantalon de coton usé tombe sur ses pieds chaussés de vulgaires sandales en plastique.

— Je ne connais rien à l'anglais, dit-il enfin, mais j'aimerais bien l'apprendre.

Arrivant par les ruelles qui longent les murs de la grande mosquée, nous débouchons soudain sur la grande place. L'atmosphère y est frénétique. Aujourd'hui, comme chaque lundi, les gens s'y installent par milliers sous des abris de fortune pour y vendre leur camelote. Véritable festival de froufrous où les femmes rivalisent d'élégance et de couleurs pour se pavaner au milieu des étals, la scène est hallucinante. Parmi elles, tout aussi bigarrés, les hommes circulent en faisant virevolter leur boubou, la tête coiffée d'un chèche, cette espèce de turban qui leur permet aussi, parfois, de masquer leur visage. Des enfants courent en riant, des ânes braient, des chèvres bêlent, composant une symphonie confuse et fascinante. Une poussière rêche, soulevée par l'harmattan de janvier — un vent persistant venu du désert —, déploie un voilage ocre qui dilue les échoppes les plus distantes en une silhouette floue. En toile de fond, imposant édifice qui a vu se succéder les siècles, la grande mosquée de Djenné lance vers le ciel la pointe arrondie de ses minarets. Classé et protégé par l'Unesco comme monument appartenant au patrimoine mondial de l'humanité, le bâtiment est la plus grande construction de terre séchée au monde.

Même si je me refuse à l'admettre au départ, cette scène, irréelle pour un Québécois, me séduit. Malgré le bruit, la poussière, la foule qui se presse, qui nous presse, malgré la chaleur, la saleté… Le marché crée autour de nous une aura magique de monde hors du monde. Hors du temps. Tissus, chaussures, viandes, épices, légumes, masques, gilets, breloques, fruits… Les marchandises les plus disparates s'entremêlent et me surprennent à chaque étal.

— Toubabou ! Tu veux des chaussures ? J'ai ce qu'il te faut. Choisis celles qui te plaisent.

— Toubabou ! Des oranges ? Des mangues ?

— Toubab, regarde ! Regarde les beaux colliers. Dis ton prix. Tu vas voir, je fais pas cher.

— Pour le plaisir des yeux, Toubab.

— Un t-shirt, Toubabou ?

Je ne m'arrête pour personne ; je marche simplement entre les échoppes et les tapis sur la terre battue. Pris au jeu, je finis par éclater de rire de me trouver ainsi au centre d'un tel capharnaüm. Je suis bien. Pour la première fois depuis mon arrivée, je me sens bien. J'ai fui les cours de monsieur Atoï, j'ai fait un pied de nez à mon père — et indirectement à ma mère et à Tobin —, c'est comme si je dominais l'univers. Je ris de plus belle.

— Ah ! Comme voilà un Toubab heureux ! Tu as une jolie chemise. Tu me la donnes ?

Je m'arrête devant celui qui vient de s'adresser à moi de la sorte. Il s'agit d'un petit vendeur qui se tient sous une bâche improvisée faite d'un bout de drap et qui expose aux clients éventuels sa camelote de bijoux divers. Il paraît avoir la mi-vingtaine, arbore une moustache noire et quelques dents qui ne le sont guère moins. Une tignasse hirsute qui n'a pas connu de peigne depuis des lustres encadre son visage barbouillé de poussière. Ses yeux rougis trahissent des nuits trop courtes ou des excès que j'ignore.

— Tu donnes ta chemise au bon Amadou ?

Il porte un chandail de laine qui me paraît trop chaud pour le climat, mais comme celui-ci est criblé de trous, je suppose que le bon Amadou reste au frais.

— Et je fais quoi, moi, après ? dis-je. Je me promène la bedaine à l'air ?

Je porte une chemise safari de couleur olive, une des horreurs que maman a placées dans mon bagage.

— Attends, me dit Amadou en se penchant sous la planche en équilibre qui lui sert d'étal. J'ai quelque chose que je peux te donner en échange.

Il tire sur une boîte coincée entre deux paniers tressés et se met à fourrager dedans. Il en sort sans ménagement des tissus enveloppés dans des sacs en plastique transparent, des colliers de pacotille semblables à ceux qu'il expose déjà sur son bout de bois, des couteaux, des gaines de cuir, des sacs de pierres, puis, enfin, serrés autour d'un vieux livre, deux ou trois t-shirts qui lui servent de rembourrage. Il secoue le premier en soulevant un nuage de poussière et, en tenant le tissu contre sa poitrine, exhibe un portrait d'Oussama ben Laden.

— Ce n'est pas suffisant pour une aussi belle chemise, dit Seydou, en bon défenseur de mes intérêts.

Je plisse le nez.

— J'aime bien faire enrager mon père, dis-je, mais là, c'est sûr, si je ramène la tête de ben Laden à la maison, il me coupe les vivres.

— Ah, mais j'en ai d'autres, claironne Amadou, tout content de constater que l'on n'a pas carrément tourné le dos à sa boutique. Attends, attends. J'ai des *Rouling* Stones, des Céline Dion, des Titanic…

Et il replonge dans sa boîte pour en tirer deux autres t-shirts. Dans son mouvement un peu brusque, le livre tombe dans la poussière avec une série de breloques et de pierres de couleurs.

— Pour une aussi belle chemise, répète Seydou qui prend un malin plaisir à exciter les vertus de vendeur d'Amadou, tu devrais nous refiler ces pierres du Sahara que tu jettes au sol… en plus des t-shirts.

— Ah non, pas les pierres ! proteste Amadou en parfait négociant, elles sont trop précieuses. Elles viennent d'Alkoye Cissé à Tombouctou. Ce sont de véritables bijoux trouvés dans les restes d'une caravane qui s'était égarée…

— Tu parles !

— Si, si. Une caravane égarée. Alkoye Cissé, tu le connais, non ? Un grand négociant réputé ? D'ailleurs, tu vois le livre et tout ça… C'était dans les objets trouvés. Mais je n'ai pas encore eu le temps de répertorier les…

— De toute façon, dis-je, les cailloux ne m'intéressent pas. Combien tu me donnes de t-shirts pour ma chemise ?

— Deux.

Je me tourne vers Seydou :

— C'est honnête ?

— Jamais de la vie. Ça prend au moins cinq t-shirts pour compenser la perte d'une chemise avec une couleur aussi ravissante.

Amadou jette à mon ami peul un regard dans lequel je crois déceler une colère contenue :

— Si le toubab qui est très riche — ça se voit à son allure noble — trouve mon offre équitable, je me demande pourquoi un Peul s'évertuerait à faire monter les enchères. Espères-tu donc que les parents du Toubabou te paieront de retour au détriment de mon honnête négoce ? Veux-tu ma ruine ? Ma mort ?

— C'est cinq t-shirts, pas un de moins, insiste Seydou, imperturbable.

— Trois, et c'est ma meilleure offre de la journée.

— Dans ce cas, tu vas connaître une bien mauvaise journée, conclut Seydou en me prenant par le bras pour m'entraîner dans la foule.

— Toubab ! Non, ne l'écoute pas. Toubab, dis-moi quel échange tu veux pour ta chemise.

— Laisse-moi lui refiler cette horreur olive, Seydou, quoi ! dis-je en essayant de dégager mon bras. Trois t-shirts, c'est pas si mal.

— C'est une technique de négociations, me glisse le Peul du coin de la bouche. Encore trois pas et il va renchérir.

Un pas.

Deux pas.

Trois…

— Bon, quatre t-shirts, hurle Amadou par-dessus les braiements d'un âne qui vient de passer entre son étal et nous, mais c'est à la condition que le Toubab me donne aussi sa montre.

— Ma montre ? Pour un t-shirt supplémentaire ?

— C'est honnête, non ? s'enquit Amadou.

— O.K., on revient, dit Seydou en m'entraînant de nouveau vers l'étal du vendeur.

— Je ne vais pas lui laisser ma montre pour…

— Bien sûr que non, réplique Seydou en se plaçant face à moi et en baissant le ton pour ne pas être entendu d'Amadou. Il le sait très bien. C'est sa manière à lui de nous ramener à la valeur de deux t-shirts. Mais on pourrait peut-être tirer un bon profit de ce vendeur.

— C'est-à-dire ?

— Je viens d'avoir une idée. Tu y tiens, à ta montre ?

— Bien sûr. C'est une…

Je me rappelle tout à coup que la babiole est un cadeau bon marché de ma mère, acheté dans un magasin-entrepôt. Ma mère ne me ferait jamais un cadeau de valeur.

— En fait, non, je n'y tiens pas tant que ça, dis-je, mais il me faudra en trouver une autre. Sans montre, je me sens tout nu.

— Laisse-moi faire, maintenant.

Nous revenons vers Amadou, qui a peine à cacher son admiration pour la couleur de ma chemise.

— Alors, Toubabou ? C'est un bon arrangement, pas vrai ? Je suis généreux avec toi parce que j'aime bien les Français. Moi, je suis bambara. Bonne arrivée au Mali.

— Je ne suis pas français, je suis canadien.

— Quoi ? s'exclame-t-il en ouvrant les bras comme s'il s'apprêtait à embrasser toute la foule. Mais j'aime encore plus le Canada. J'ai des tas d'amis canadiens. Des centaines… des dizaines d'amis canadiens… des… En fait, j'en connais deux. Tu les connais peut-être.

— On est trente millions, tu sais.

— Si on revenait à la chemise et à la montre ? suggère Seydou, un coude nonchalamment appuyé sur l'étal. Tu offres quoi en plus des cinq t-shirts ?

— Quatre t-shirts, précise Amadou, l'index levé.

— Dans ce cas, tu as besoin d'ajouter des bijoux qui ont plus de valeur que ceux que je vois étalés là sur la table.

Amadou prend un air faussement offusqué.

— Tu es vraiment dur, toi, le Peul. J'aime beaucoup mieux faire affaire directement avec mon ami canadien.

— Heureusement qu'il est là, le Peul, sinon toi, le Bambara, tu plumerais le pauvre Canadien. Allez, avec les quatre t-shirts, tu ajoutes cinq colliers touaregs et tu gardes la chemise et la montre.

Amadou tourne vers moi le visage ravagé d'un

homme qui a tout perdu. Si ce n'était de la mine insensible de Seydou, je finirais par croire que le pauvre négociant est au bord de la ruine.

— Mais je ne peux pas ! geint-il. Mon ami canadien, toi si riche, si généreux, si bon. Dis à ce brigand éleveur de zébus que je dois nourrir quatre femmes, treize enfants, mon pauvre père infirme, ma mère qui a le palu, mes frères qui…

— Ou tu me donnes de ces colliers-là, près de la boîte, coupe Seydou qui évalue la marchandise sans se préoccuper de la litanie d'Amadou, ou…

— Non, ça je ne peux pas ! répond aussitôt le vendeur avec une fermeté soudaine. Je te l'ai dit, ça vient de la caravane égarée et ces colliers valent beaucoup plus que tout le reste. J'ai mon patron qui va évaluer tout ça dans la semaine. Je ne suis pas censé les mettre en vente.

— Et le bouquin ? demande Seydou.

— Quoi, le bouquin ? réplique Amadou.

— Quoi, le bouquin ? fais-je en écho.

— Le bouquin contre la montre, quatre t-shirts contre la chemise, précise Seydou.

— Non, je ne peux pas.

— Alors, on part.

— La chemise, trois t-shirts ; je ne peux pas faire mieux. La montre contre le bouquin, c'est O.K.

— Alors, c'est d'accord.

— Un instant ! dis-je. Je ne suis pas certain que…

— Allez! insiste Seydou en roulant des yeux immenses pour me convaincre discrètement d'accepter. Je crois que c'est un marché honnête.

— Quoi? Ma montre pour ce vieux livre?

— Fais-moi confiance, Quentin, grince Seydou entre ses dents.

Malgré moi, j'abonde en faveur du marché conclu avec Seydou. Bien que je n'y sois guère attaché, je ressens une sorte de pincement en voyant Amadou attacher ma montre à son poignet. À côté de lui, Seydou semble jubiler en dépoussiérant le livre qui servait de fond à la boîte remplie de breloques.

— Ne dis surtout pas à mon père comment j'ai perdu ma montre, fis-je en enlevant ma chemise pour enfiler un t-shirt à l'image de Kate Winslet. Il ne comprendrait pas. (Je pousse un soupir.) Moi non plus, d'ailleurs.

Amadou me tend la main, affichant un sourire très large pour un homme qui prétendait se faire flouer deux minutes plus tôt.

— Allez, bonne arrivée, mon ami canadien, et si tu veux troquer d'autres objets avec ton ami bambara, tu es le bienvenu n'importe quand.

Il me serre la main, ensuite le pouce, de nouveau la main, puis, avant de me lâcher, tient mon majeur serré entre son pouce et son propre majeur et le lâche brusquement en faisant claquer les doigts.

— Hé! Hé! ricane-t-il. Si tu es en Afrique pour longtemps, tu devras apprendre à serrer la main à la manière africaine.

Seydou et moi quittons le marché et nous nous dirigeons vers les ruelles qui longent la grande mosquée. Mon copain peul tient le livre serré entre ses bras en ricanant doucement. Confondu par son air triomphant, je lui demande enfin :

— Qu'est-ce qui t'amuse autant ?

— Je crois qu'on pourra tirer un bon prix de ce bouquin, répond-il sans ralentir le pas. Tu viens de faire l'affaire du siècle.

— Et tu exagères à peine, sans doute ?

— Non, Quentin, écoute, je suis sérieux. Je connais un vieux marabout. Il est très sage, très respecté, mais il a une passion qu'il ne peut contenir : il aime les livres. Surtout s'ils sont vieux et poussiéreux. Il les paie le prix fort. On va revendre ce truc au vieux hibou pour dix fois le prix de ta montre.

Les Touaregs

Alors que Quentin, l'esprit insouciant, tout à l'euphorie de l'école buissonnière, suit Seydou dans le labyrinthe des ruelles, au même moment, à l'autre extrémité de la ville, un drame se prépare dont les conséquences risquent fort de toucher les deux compagnons.

Entre midi et 16 heures, pendant la période la plus chaude de la journée, les clients se font rares pour le vieux Daouda. Il aime bien alors se retirer dans un réduit de sa boutique, là où il fait plus frais, et boire le thé à la menthe. Ce midi ne fait pas exception à sa routine. Dans une semi-pénombre, au milieu des boîtes mal rangées et des piles de tissus épars, près d'un petit poêle au charbon posé sur un tapis tressé, il s'est accroupi. Un pan de son chèche rabaissé sous le menton, il respire le parfum sucré en faisant claquer sa langue par avance. Afin de refroidir et d'aérer le liquide, il le verse pour le faire mousser en tenant la théière très haut au-dessus du verre. Il vide de nouveau le thé dans la bouilloire et répète l'opération à plusieurs reprises. Quand il considère que le breuvage est prêt à être bu, il le porte doucement à ses lèvres en tenant les rebords brûlants du verre du bout de ses doigts.

— C'est toi, Daouda?

Le boutiquier sursaute violemment. Le verre lui glisse des doigts et le contenu va se répandre dans les plis de son boubou à la hauteur des cuisses. Le vieil homme pousse un cri de douleur et, en cherchant à se relever trop rapidement, renverse la théière qui se vide sur le tapis.

— Qui…? Qui êtes-vous? demande-t-il en secouant les pans de sa robe. Comment êtes-vous…?

— Les questions, c'est nous qui les posons. Daouda, c'est toi, oui ou non?

Le marchand tente de reconnaître les traits de l'homme qui lui fait face, mais le bas du visage de l'intrus est dissimulé sous le voile d'un imposant chèche indigo. Une longue robe noire, nouée à la taille par une ceinture de cuir d'où pend la gaine d'un poignard, le recouvre jusqu'aux chevilles. Derrière lui, un autre homme est vêtu de la même façon. Des Touaregs.

— Je… Oui, c'est moi, répond Daouda. Que me voulez-vous ?

— Hier, tu as reçu la marchandise d'un revendeur venu de Tombouctou ? Alkoye Cissé ?

Daouda note que le visiteur parle bambara avec un fort accent tamasheq, trahissant ainsi ses origines sahariennes. « Sans doute un nomade, songe-t-il. Pas un simple marchand touareg sédentarisé à Tombouctou. »

— Alkoye Cissé, oui. C'est ma livraison régulière hebdomadaire. Sel et breloques du Sahara.

— On t'a livré une boîte remplie de pierres de couleurs ?

— Plusieurs.

— Une boîte en particulier dont on t'a dit qu'elle venait d'une ancienne caravane égarée ?

— Oui. Ça fait partie de mes articles pour collectionneurs. Je les revends à des acheteurs spécifiques.

— Il y a eu erreur. Cette boîte ne t'était pas destinée. Rends-la-nous, nous allons te rembourser.

— Je ne l'ai pas avec moi. Elle est au marché.

Le Touareg fait un pas vers Daouda pour le saisir au collet. Le boutiquier glousse en remarquant la taille imposante de son visiteur, qui s'informe en grinçant des dents :

— Comment ça ? Tu as déjà vendu la marchandise ?

— N… non, balbutie le marchand. Mon employé l'a simplement emportée avec lui, car je voulais qu'il profite des moments plus tranquilles de la journée pour commencer à départager les pierres intéressantes et celles qui le sont moins.

— Où, au marché ?

— Eh bien, heu… en face de la grande mosquée.

— Comment s'appelle ton employé ?

— Amadou Diarra.

Le Touareg repousse Daouda sans ménagement sur une pile de tissus rangés contre le mur.

— On va récupérer la boîte, dit-il en faisant un pas vers la sortie, et prie pour que ton employé n'ait rien perdu en cours de route.

* * *

Amadou sifflote en disposant sur son étal les diverses breloques qu'il a le mandat de vendre. À chacun de ses mouvements, il ne peut s'empêcher d'admirer l'effet que produit sa montre toute récente attachée à son poignet. Il est assez fier de lui. Le bijou ne lui a rien coûté si ce n'est un vieux bouquin qui servait de fond à une boîte et dont le vieux Daouda ignore l'existence. Par contre, il ne peut se permettre de porter la jolie chemise olive. Il lui a fallu écouler trois t-shirts de son inventaire pour l'obtenir et elle doit être vendue afin de récupérer la mise. Il s'attend bien cependant à en tirer un profit de beaucoup supérieur à ce qu'elle lui a coûté. Une partie ira dans les poches de son employeur… et une autre discrètement dans les siennes.

La boîte renfermant les pierres venues de la caravane égarée a été replacée derrière lui. Amadou se dit qu'il aura tout le temps de trier les pièces au milieu de l'après-midi. Pour le moment, il préfère interpeller les passants et vanter sa marchandise tout en regardant passer les jolies filles.

— C'est toi, l'employé de Daouda ?

Amadou s'étonne de la haute taille du Touareg fièrement planté devant son étal. Chèche indigo remonté jusqu'aux yeux, robe noire, ceinture et gaine en cuir…

— Tu t'appelles Amadou ?

— Oui.

Le Touareg fait simplement signe à son comparse qui se tient en retrait, et tous deux pénètrent sous l'abri.

— Mais qu'est-ce que vous ?… Où allez-vous ?

— Ton maître a reçu une livraison par erreur, répond le Touareg en repérant la boîte sous l'étal. Nous la reprenons.

— Mais…

— Mon compagnon va te rembourser.

Sans ménagement, le second Touareg fait reculer Amadou en le poussant à la hauteur de la poitrine avec le plat de la main. Ensuite, d'une poche intérieure de sa robe, il retire une liasse de billets.

— Tu donneras ça à ton maître, dit-il avec le même accent tamasheq que son partenaire. Il y a là la valeur exacte de ce qu'il a payé pour cette boîte. Malheur à toi si on apprend que tu as prélevé le moindre centime.

— Attends !

Le second Touareg se tourne vers son compagnon. Celui-ci, un genou au sol, a vidé le contenu de la boîte dans la poussière et jette à Amadou un regard furieux.

— Où est le livre ?

— Le… livre ? Quel livre ?

L'homme se relève et dégaine à demi le long poignard qui pend à sa ceinture.

— Par Allah ! Qu'as-tu fait du livre qui se trouvait dans cette boîte ?

Les jambes d'Amadou semblent vouloir se dérober sous lui. Il s'appuie de la main sur une tige de rônier qui sert d'appui à la bâche de l'échoppe.

— Mais de quel livre parlez-vous ? demande-t-il, la voix un peu plus aiguë, espérant capter l'attention des passants et éviter que le Touareg ne tire complètement son couteau. Je ne sais pas…

— Il y avait un vieux livre dans le fond de cette boîte, grince le Touareg en s'approchant de lui. Il ne peut pas s'être envolé comme ça. C'est toi qui as dû le mettre ailleurs.

— À moins que ce ne soit le vieux Daouda, suggère le second Touareg.

Puis, saisissant à son tour la poignée de son arme, il s'exclame :

— Par les djinns du Sahara ! Je vais moi-même couper la langue à ce vieil hypocrite !

— Je ne sais pas... reprend son compagnon en continuant à fixer Amadou. Cet employé a un regard de vipereau qui ne me revient pas. (Il sort encore davantage la lame de sa gaine.) Je suis certain qu'il ment.

— Nooon ! lance Amadou dans une plainte un peu forte. De quel livre vous voulez parler ?

Tandis que le Touareg fait un pas supplémentaire dans sa direction, le Bambara se replie davantage contre la tige de rônier qui, tout à coup, cède dans un craquement sinistre. La structure s'effondre aussitôt, faisant s'abattre sur le vendeur et les deux visiteurs la bâche couverte de poussière. Entraînées par les autres tiges contre lesquelles elles s'appuyaient, des boîtes vides et des piles de vêtements s'écroulent à leur tour, jetant les deux Touaregs au sol. S'efforçant de se dégager au plus vite, ceux-ci brandissent leurs poignards pour déchirer la toile qui les recouvre et se remettre sur pied. Déjà la foule encercle ce qui reste de l'échoppe pour venir en aide aux deux hommes. Dès que les lames jettent leurs reflets meurtriers sous le soleil, il y a un mouvement de recul.

— Où est le vendeur ? hurle le premier Touareg en constatant que le Bambara a disparu. Où est cet Amadou ?

La foule reste muette de stupéfaction.

— Où est-il ? hurle le Touareg en agitant son poignard.

— P... par là ! balbutie un vieil homme qui désigne de son doigt décharné un passage entre divers étals. Il vient de fuir par là.

— Par Allah ! jure entre ses dents le premier Touareg.

Puis il s'élance à la poursuite d'Amadou, en criant par-dessus son épaule à l'adresse de son compagnon, sans ralentir :

— Va retrouver le vieux Daouda et assure-toi que ce n'est pas lui qui a subtilisé le livre. Je m'occupe du petit vendeur.

Culbutant passants ou marchands, renversant des étalages, chacun des deux Touaregs prend une direction opposée. De nombreux cris accompagnent les bousculades, il y a de plus en plus de poussière ; ensuite, pendant quelques instants, un silence insolite s'abat sur le grand marché de Djenné. Puis, peu à peu, le bêlement des chèvres et des béliers, le caquetage des poules, les sollicitations des marchands, les rires des enfants et le babillage des femmes font oublier l'incident et la place reprend son effervescence habituelle.

La légende

Seydou et moi trouvons le vieux marabout dans une petite habitation retranchée parmi des constructions improvisées à l'écart de la ville. Face au nord, l'antre nous apparaît comme un petit nid de fraîcheur lorsque nous y pénétrons. Le vieil homme s'appelle Abdoulaye Salam. Il est vêtu d'un large burnous pâle dont la couleur est impossible à définir dans la pièce sans fenêtre. Dès qu'il m'aperçoit dans l'ouverture de la porte, il nous accueille en français :

— Bonjour, les garçons. Ça va ?

— Bonjour, monsieur, dis-je du ton le plus poli qu'il me soit possible d'utiliser.

La tranquille assurance, la bonté du visage, mais la

force du regard surtout m'ont tout de suite imposé le respect que je dois à ce vieillard. Ses traits, que j'examine avec discrétion, sont fascinants. Les quelques cicatrices qui marquent ses joues et son front, témoins de son appartenance ethnique et des divers rites initiatiques dont il a triomphé, se perdent au milieu des rides qu'ont creusées les ans. Ses yeux, bien que d'un noir profond, jettent des éclats flamboyants, un peu comme l'obsidienne, cette pierre sombre qui nous aveugle lorsqu'elle renvoie les rayons du soleil. Un nez épaté et des lèvres pleines surplombent un menton glabre, taché de poussière. Quand il me sourit, je distingue deux ou trois dents qui lui restent, rongées aux trois quarts par les caries.

— Bonjour, missié, rétorque Seydou à son tour et en tendant une noix de kola au vieil Abdoulaye. Ça va bien ?

L'homme accepte la noix avec toute la délicatesse et l'humilité de celui à qui on fait une faveur dans l'espoir que les dieux sauront la retourner à son auteur.

— Oui, ça va, grâce à Dieu, répond-il en refermant sa main crevassée sur la coque ligneuse. Et ton père ? Ça va, ton père ?

— Oui, ça va, merci. Et votre famille ? Ça va, votre famille, missié Salam ?

— Dieu merci, ma famille est en bonne santé. Et ton oncle Husseini ? Comment se porte ton oncle Husseini, petit Seydou ?

— Mon oncle est en très bonne forme, merci. La vie est généreuse pour nous. Et pour vous, missié Salam ? Vous mangez bien ?

— Oui, Dieu est généreux pour moi, merci à Lui. Et l'école ? Ça va pour toi, l'école ?

— Ça va, ça va, merci.

— Voilà, merci.

— Au revoir.

— Au revoir.

Je reste saisi de surprise. Comment ça, « au revoir » ? C'est fini ? On part déjà ?

Le marabout, tout sourire, fait un pas de côté pour nous ouvrir le passage et nous laisser pénétrer davantage dans son réduit. Les salutations africaines et leurs marques exagérées de politesse me surprendront toujours.

L'antre du vieil homme est si sombre que je dois attendre plusieurs secondes avant que mes yeux s'habituent à l'obscurité. Peu à peu apparaissent les rayonnages de livres qui courent d'un mur à l'autre de la pièce. Du plancher au plafond ou empilés dans un coin, débordant de l'ouverture d'une pièce adjacente dans laquelle il est probablement impossible de marcher tant le plancher y semble encombré, amoncelés les uns sur les autres en tours instables défiant la gravité… les livres sont partout ! Couvertures de cuir, de tissu ou de papier, parchemins et rouleaux, feuilles éparses… l'antre du marabout ressemble à un débarras de bibliothèque ou d'imprimerie. Pendant quelques secondes, un trait de lumière venu de l'ouverture de la porte trace dans l'air un rayon de poussière presque opaque.

— Entrez. Bienvenue chez moi, dit l'homme en nous entraînant au milieu de son fatras. Vous boirez bien un peu de thé à la menthe ?

— Non, merci, missié Salam, répond Seydou. Nous sommes ici un peu pour affaires.

— Te connaissant, Seydou, je m'en doutais déjà, réplique le marabout en lorgnant le livre que mon compagnon tient sous son aisselle. Raison de plus pour un peu de thé, non ?

Je me crois obligé de refuser à mon tour.

— Merci, c'est gentil, monsieur. Il fait trop chaud pour boire du thé.

Abdoulaye Salam ralentit ses gestes et plonge son regard dans le mien. J'en ressens tout à coup une impression de malaise comme si je me retrouvais nu devant une caméra de télévision. Comme si cet homme lisait dans ma tête.

— Tu parles français avec un drôle d'accent, Touba-bou, dit-il enfin en s'asseyant sur le sol dans l'un des rares espaces où il n'y a pas de livres.

Son regard ne quitte pas mes yeux. Ses gestes me paraissent plus amples, plus mesurés, tandis qu'il lisse les pans de sa robe autour de lui et qu'il nous invite de la main à nous asseoir face à lui.

— D'où viens-tu? demande-t-il.

— Je viens du Québec, monsieur. Du Canada.

— Ah, le Canada, répète-t-il doucement tandis que je déplace quelques recueils froissés pour m'asseoir sur le sol face à lui. Oui, je connais. Un pays de paix qui aime bien le Mali. Plusieurs organismes humanitaires canadiens œuvrent ici. Bienvenue au Mali, jeune Canadien.

Il se tourne ensuite vers Seydou qu'il semble étudier un moment. Je remarque que mon compagnon, bien qu'il cherche à demeurer impassible, combat le malaise que provoque chez lui ce petit examen.

— Tu n'es pas à l'école, aujourd'hui, Seydou?

— Je... heu... non. Congé aujourd'hui, missié Salam.

— Bien sûr.

Le ton employé ne laisse planer aucun doute sur le fait que le marabout n'en croit pas un mot.

— Bon, puisque tu es ici pour affaires, voyons ce que tu me proposes. J'imagine qu'il s'agit de ce bouquin que tu tiens si serré sous ton bras que du jus risque d'en sortir.

— Heu... oui, missié Salam, admet Seydou en laissant échapper un petit rire. Mon ami Quentin a hérité de son grand-père ce très vieux livre, et nous aurions aimé l'échanger contre sa véritable valeur en argent... je veux dire: en argent du pays, en francs CFA, en euros, ou en dollars américains.

— Sa véritable valeur, hein? répète lentement le marabout en acceptant le livre que lui tend Seydou.

— Oui, missié. Il n'y a que vous en qui j'aie confiance. Vous êtes le seul à connaître le prix véritable des choses importantes, comme ces livres hérités de nos grands-pères. Je ne veux pas que mon ami Quentin se fasse flouer en l'offrant à un inculte qui ne saura pas apprécier la faveur qu'on lui fait et qui donnera en échange un montant ridicule qui...

— S'il te plaît, petit Seydou, coupe le marabout en levant la main, cesse de mentir et laisse-moi examiner ce livre en silence, un moment.

Seydou se tait aussitôt en me jetant un regard un peu embarrassé. Le vieil homme caresse d'abord le livre du bout des doigts comme s'il cherchait à l'amadouer, à le dompter, un peu à la manière du cavalier qui effleure l'encolure du cheval avant de le monter pour la première fois. Tout en chassant la poussière, il juge de la couverture, de la qualité du cuir, cherche à en déterminer l'âge peut-être. De l'extrémité de ses doigts, il semble explorer la moindre aspérité, le moindre filigrane qui permettrait de déterminer l'origine de l'œuvre, voire son artisan. En fait, je ne sais trop. Mais, avant même qu'il n'ouvre la couverture et tourne la première page, je note un changement dans l'expression de son visage. Le rictus qu'ont dessiné il y a un instant au coin de ses lèvres l'ironie et l'incrédulité se fond lentement en un tracé soucieux.

Tout son corps exprime soudain une certaine fébrilité, un émoi, une fièvre, si bien que, dans un geste presque trop vif, il ouvre le livre et se plonge dans la lecture des premières pages. Son regard semble bondir d'une ligne à l'autre, ses lèvres se mettent à trembler, ses doigts s'agitent au bord des feuilles écornées. Je regarde Seydou. Il me regarde aussi et me fait comprendre d'une mimique qu'il ressent la même consternation que moi.

— Où vous êtes-vous procuré ce livre? demande tout à coup Abdoulaye Salam.

— Je… heu… C'est… Vous… Le livre? bredouille Seydou. Mais… Quentin l'a hérité de…

— Ah! Cesse de mentir, Seydou, fils de Peul! Où avez-vous trouvé cet ouvrage?

— Je ne mens pas, missié Salam, insiste mon compagnon. Quentin l'a…

— Arrête, Seydou! dis-je, préoccupé par la mine ébranlée du marabout. Nous l'avons troqué au marché contre ma montre, monsieur Salam.

— Contre une montre?

— Oui, monsieur.

— Quel ignare vous a troqué ce livre contre une montre?

— Un petit vendeur bambara, répond Seydou. Le livre était au fond d'une boîte dans laquelle se trouvaient des pierres venues d'une prétendue caravane égarée.

Le vieil homme nous regarde à tour de rôle. À son expression, il est évident que, cette fois, il sait que nous disons la vérité.

— Vous ne l'avez probablement même pas ouvert, dit-il.

— Non, monsieur.

— Le vendeur non plus, sans doute. De toute manière, vous comme lui, je serais surpris que vous lisiez l'arabe.

Pendant quelques secondes, le marabout feuillette encore le volume puis lève la tête :

— Je n'ai pas les moyens de vous acheter ce livre, les garçons. Je n'ai pas les moyens de vous donner sa valeur en argent.

— Ah… ah, non ? bégaie Seydou. Mais… vous pouvez nous donner…

— Non, je ne vous l'achèterai pas, pour rien au monde.

— Mais…

— Mais je ne vous le rendrai pas non plus.

Il termine sa sentence en nous regardant intensément dans les yeux. L'obsidienne de ses pupilles ne jette plus aucun reflet lumineux ; son regard se creuse au contraire en un gouffre obscur qui semble nous entraîner jusqu'aux profondeurs de son âme.

— Mais, pourq… pourquoi, missié Salam ?

— Parce que ce livre doit exciter de terribles convoitises et que celui qui le possède s'expose à bien des dangers.

— Dans ce cas, commence Seydou en tendant le bras pour reprendre le livre, nous ne pouvons vous laisser…

— Cesse de dire des bêtises, fils de Peul ! tonne soudain le marabout d'une voix aux inflexions basses qui fait vibrer la poitrine. La comédie est finie ; on ne joue plus. Quelle que soit la façon dont vous vous êtes procuré ce livre, il ne devait pas tomber entre vos mains et il vous tuera si vous le conservez.

À l'énoncé d'une telle menace, un frisson désagréable me parcourt le dos de la nuque jusqu'aux reins. En même temps, j'éprouve une griserie extraordinaire qui excite une fibre que j'ignorais posséder : celle de l'aventure. Je n'ai pas envie toutefois d'aller à l'encontre des exhortations du vieil homme pour qui j'éprouve un respect que je n'ai jamais ressenti auparavant… pour qui que ce soit. De mon ton le plus déférent et le plus réservé, je demande :

— Monsieur Salam, que savez-vous de ce livre ? Je me moque de le laisser entre vos mains si c'est ce que vous jugez le plus approprié, mais j'aimerais en connaître l'origine et savoir ce qui semble effrayer une personne aussi réfléchie que vous.

Le marabout abandonne son masque autoritaire pour tourner vers moi un visage redevenu bienveillant et indulgent. Il n'a pas accueilli ma réplique comme une basse flatterie visant à le tromper, il sait que j'ai pensé chaque mot et que je ferai confiance à son savoir et à ses intuitions.

— Que fais-tu au Mali, Toubabou ?

La question me décontenance un peu. Je me demande si je dois expliquer tous les détails fâcheux qui m'ont porté jusqu'ici ou si je ferais mieux de me contenter d'une explication plus générale.

— Je rends visite à mon père qui ne vit plus avec ma mère qui pense que… qui veut…

— Ta mère ne parvient plus à retenir ta fougue adolescente, pas vrai ?

— Heu…

— Tu es avec nous pour apprendre à canaliser tes forces et pour retrouver l'indépendance d'esprit qui te permettra de discerner ce qu'il y a de bien chez tes parents — car ils ne sont pas si imparfaits — et ce qu'il y a de mal chez tes amis — car ils ne sont pas si parfaits. C'est bien ça ?

— Heu…

Il me fixe intensément et je sens mes propres yeux devenus comme les fenêtres de mon âme à travers lesquelles il en scruterait l'intérieur.

— Bien, dit-il comme on conclut que tout va pour le mieux. Il y a beaucoup de fraîcheur et d'eau dans le désert de ton cœur.

Il se laisse aller contre les livres empilés derrière lui sans cesser de me fixer.

— Un jour, dit-il, si tu peux vaincre cet orgueil qui voile tes yeux, tu sauras trouver l'autre monde. Le vrai. Il y a suffisamment de courage et de générosité en toi pour que tu y parviennes. J'ignore seulement le temps qu'il te faudra consacrer à cette quête.

Il reste là quelques secondes encore à me regarder comme s'il attendait que je réponde à ses paroles. Mais je suis en pleine confusion. Je me sens comme l'enfant qu'on surprend la main dans le pot de biscuits, comme la tortue sans sa carapace ou le soldat désarmé…

Le marabout baisse enfin le menton en direction du livre et en caresse de nouveau du bout des doigts la page qu'il a tournée plus tôt. Il s'humecte les lèvres avec la langue puis dit :

— Ce livre a été écrit par Rhissa ag Illi el Hadj, un Touareg un peu fou, assurément rêveur, qui a vécu il y a deux générations à Tombouctou. Il avait mis sur pied la caravane qui devait rapporter le « diamant de lune ».

— C'est quoi ça ? demande Seydou.

— Dans les veillées fraîches du Sahara, autour des bivouacs, on raconte cette histoire d'un fragment de la lune qui serait tombé dans le désert, il y a des siècles. Un météorite aurait heurté l'astre des nuits, projetant les débris aux quatre coins de l'espace. Si la plupart d'entre eux sont retombés sur la lune, certains auraient brûlé en pénétrant l'atmosphère terrestre. Un fragment plus gros serait tombé dans le désert. Des Berbères l'ont aperçu, bolide flamboyant, au moment de sa chute ; d'autres, dans le cratère de sable qu'il a creusé en atterrissant. Une pierre noire qui se serait consumée pendant des jours et des jours…

« Les années ont passé, la pierre est devenue un simple rocher qui marquait le lieu. Et puis, un jour, sous l'action de l'érosion, elle s'est ouverte, libérant son cœur : un diamant en forme de croissant de lune, gros comme le poing. C'est ce joyau que recherchait el Hadj. »

— Et il l'a trouvé ? demande Seydou.

— Les versions divergent, répond le marabout. Certains disent que Rhissa ag Illi el Hadj a fini par retrouver la pierre de lune, mais pas le diamant à l'intérieur. D'autres disent qu'il l'a effectivement trouvé, mais pour le reperdre aussitôt, le désert refusant de céder son trésor. Et d'autres encore disent… (Il a un geste vague de la main.) Enfin, comme souvent, la légende s'est emparée de la vérité et il est bien difficile de démêler le vrai du faux.

— Mais el Hadj lui-même ? demandé-je. Que disait-il, lui, de son expédition ?

— El Hadj n'en a jamais rien dit pour la bonne raison qu'el Hadj n'en est jamais revenu. Du moins… vraiment revenu.

— Il est mort ?

— Laissez-moi vous raconter depuis le début. El Hadj était un Touareg musulman très pieux qui avait même déjà fait le pèlerinage à La Mecque — d'où l'adjonction d'el Hadj à la fin de son nom. Bien qu'un peu bizarre, il n'en était pas moins érudit et parlait couramment arabe en plus de six ou sept langues locales. El Hadj, à trente ans, ne s'était jamais marié. Il devint très amoureux d'Aminata, la fille adolescente de son cousin Zayd. Cet amour était partagé et les deux amants espéraient bien convaincre le père de les laisser convoler en justes noces. Mais Zayd avait déjà promis la jeune fille à un commerçant très riche de Tombouctou, vaguement apparenté à la famille de sa mère. À court d'arguments, el Hadj fit jurer à son cousin de lui donner la main de sa fille en échange du mystérieux diamant de lune. Certain que son parent un peu fou ne retrouverait jamais le fabuleux bijou, Zayd accepta.

« Confiant en sa bonne fortune, el Hadj monta une caravane de 101 chameaux chargés de tout le matériel nécessaire permettant de traverser le Sahara pour le temps imparti à sa quête. Sur les tapis de selle de chaque animal, il fit broder un petit croissant de lune et nomma son expédition : "La caravane des 102 lunes", la 102e devant être le diamant en forme de croissant qu'il rapporterait de son périple. Cent deux, c'était également le nombre de nuits que devait durer l'expédition. Sous les au revoir remplis d'espoir de sa bien-aimée, el Hadj quitta Tombouctou en direction du désert. Les semaines passèrent, les lunes succédèrent aux lunes, sans que personne entendît plus parler de la caravane. Après les 15 semaines correspondant aux 102 nuits avec lune, Zayd annonça officiellement le mariage prochain de sa fille avec le riche marchand. Tout Tombouctou se prépara à l'événement.

« On dit que la noce fut grandiose, le marchand n'ayant rien négligé pour conquérir le cœur de sa belle, qu'il savait éprise d'el Hadj. Mais Aminata avait cessé de sourire et de parler. On la surnomma "la mariée de lune", car elle paraissait aussi froide et blanche que l'astre lui-même. Pendant la nuit de noces, le ciel se voila, signe annonciateur d'une tempête de sable pour le matin suivant. De la plus grande des fenêtres de la chambre nuptiale, on apercevait les dunes marquant les limites du désert. Dès le petit matin y surgiraient les murs de sable que la tempête soulèverait.

« Il semble que ce fût plutôt el Hadj qui apparut, fourbu, les vêtements en lambeaux, le poing brandi vers le ciel, une pierre éclatante entre les doigts. Son cri de désespoir masqua un moment les hurlements du vent. La trombe de sable surgit derrière lui, le saisissant au passage pour l'avaler. On ne le revit jamais à Tombouctou. Est-il mort noyé dans le Sahara ? Certains nomades affirment l'avoir croisé à l'occasion, lui ou son fantôme, bivouaquant dans le désert, écrivant jour et nuit des poèmes en hommage à la femme qu'il n'a jamais cessé d'aimer. Sa caravane s'est perdue entre les dunes sans que l'on sache ce qui l'a décimée. Il arrive encore qu'on trouve des restes des chameaux qui formaient l'expédition. Ils sont faciles à reconnaître avec les lunes brodées sur leurs tapis de selle. »

— Et Aminata ? demande Seydou, les yeux arrondis, visiblement captivé par la légende.

— On dit que le chagrin l'a emportée avant même qu'elle ait pu donner naissance à un premier enfant. Le marchand l'aurait oubliée rapidement pour épouser une autre fille, plus jeune encore.

Le marabout fixe maintenant le livre devant lui, sa main devenue tremblante au-dessus des pages. Il ne semble plus oser toucher l'objet de légende, comme si le spectre d'el Hadj flottait maintenant autour de nous et nous suppliait de le laisser reposer en paix.

— Et ce livre serait… serait de la main… ? dis-je, sans parvenir à exprimer ma pensée.

— Ce livre est le recueil des poèmes qu'el Hadj, au dire des nomades, rédigea en hommage à Aminata. On dit…

Le marabout hésite en triturant le coin des dernières pages du recueil.

— On dit qu'avant de mourir, à la fin de son recueil, il a indiqué l'endroit où serait caché le diamant de lune.

— Comment?

Abdoulaye Salam, dans un geste un peu brusque, comme s'il venait tout à coup d'être frappé par un fantôme, saisit le livre pour le déposer sur une pile hors de notre portée.

— Pas question de vérifier s'il s'agit d'une légende ou de la vérité, dit-il. Un pareil secret susciterait trop de convoitise ; c'est trop lourd pour des enfants comme vous et pour un vieux comme moi. Ce livre doit être retourné au désert. Le diamant de lune appartient à une femme et à un homme, tous deux morts de chagrin ; il doit retourner à l'oubli. Nous n'avons pas le droit de le voler à leur mémoire.

— Hein ? Mais pas du tout ! proteste Seydou en bondissant sur ses pieds. Ce trésor est à nous puisque le livre nous appartient.

Lentement, le marabout se lève et se place entre Seydou et le livre.

— Si j'ai bien compris, dit le vieil homme, ce livre ne t'appartient pas à toi, mais à notre ami Toubabou, ici. Ai-je tort ?

— Vous n'avez pas tort, monsieur Salam, dis-je en me levant à mon tour. J'ai troqué ce livre de façon honnête, il m'appartient.

— Donc, c'est à toi également de décider ce que tu en feras.

Il me toise de nouveau avec ce regard profond qui

me met mal à l'aise. Je sens que cette question est davantage qu'une vulgaire information ; c'est un test, voire une initiation.

— Je… je ne sais pas, monsieur. Je…

— Qu'est-ce que tu racontes, Quentin ? Ce livre est à toi, il n'en veut pas, on repart avec.

Le marabout ne réagit pas à l'intervention de Seydou. Il continue de me fixer, et son regard devient plus qu'un regard ; il est presque palpable. Ses yeux me percent comme le ferait une mèche d'un bois mou et je sens sa pensée s'infiltrer en moi. Je n'y perçois pas une sommation ou une demande, j'y perçois un espoir ; celui d'un homme qui mise sur sa foi en un autre.

— Je… je vais réfléchir à votre position, monsieur, finis-je par balbutier. Je veux bien vous laisser le livre pour aujourd'hui et revenir plus tard vous faire part de ma décision.

— Serai-je déçu, Quentin ?

Je l'observe sans parvenir à répondre.

— Devrai-je réviser ma façon de juger les êtres que je côtoie ? L'âge m'aura-t-il rendu trop optimiste à propos de mes semblables ? Se ferme-t-on désormais aux conseils des Anciens et des Sages pour ne plus assouvir que les plaisirs dictés par l'euphorie du moment et cela au détriment du respect que l'on doit à ceux qui ont disparu ?

N'étant pas sûr de bien comprendre ce qu'il veut

dire, je préfère y aller d'une formule toute faite sans prendre le risque d'élaborer une réponse précise :

— Je ne vous décevrai pas, monsieur Salam.

— Dans ce cas, je suis un vieil homme heureux.

Il nous pousse doucement vers la sortie malgré les protestations répétées de Seydou.

— Bonne fin de journée, les garçons… et prenez garde en sortant. L'âne du voisin paie souvent l'impôt des mouches sur le pas de ma porte.

— On essaiera de ne pas mettre les pieds dedans, missié Salam, répond Seydou, goguenard.

L'énigme

Après le départ des garçons, Abdoulaye Salam ne peut s'empêcher de rouvrir le livre de Rhissa ag Illi el Hadj. Il le parcourt très rapidement, mais s'attarde au dernier paragraphe.

Je suis l'homme à la fois le plus riche et le plus malheureux du monde. Mais qui a besoin de posséder tout sans celle qui représente tout? Ce qui m'a rendu riche, je le remets entre les mains de la fille du Prophète comme on rend un bien emprunté. Tout ce que j'attends encore, c'est que Le Miséricordieux daigne enfin me prendre avec Lui et m'emmène en Ses jardins où m'attend la mariée de lune.

Le marabout referme la couverture en soulevant un petit nuage de poussière. Réduisant l'intensité de la lampe à huile à l'aide de la molette, il passe un doigt sur ses yeux fatigués.

Ce qui m'a rendu riche…

Ainsi donc, la légende disait vrai, songe-t-il. El Hadj a réellement trouvé le diamant de lune. Il ne dit pourtant rien sur le bijou de tout le livre. Les textes qui couvrent la centaine de pages ne sont que poèmes et odes à sa bien-aimée. Jusqu'à l'extrême fin… ou presque. Car dans ses derniers mots, dans son avant-dernière phrase, il se trahit. « *Ce qui m'a rendu riche…* » Le diamant de lune !

… je le remets entre les mains de la fille du Prophète…

Que signifie ce petit bout de phrase d'apparence anodine ? Est-il vraiment si innocent ? Ne s'agirait-il pas plutôt d'un code indiquant l'endroit où il a caché son trésor ? Dans ce cas, comment le déchiffrer ?

Abdoulaye Salam s'en veut d'avoir succombé à la tentation et d'avoir lu les dernières pages du livre. « Maintenant, songe-t-il, moi aussi j'ai envie de rechercher le diamant de lune. Non pas pour être riche, mais pour participer à la légende.

« Le secret appartient au Toubabou cependant

puisque c'est à lui que le livre est revenu ; c'est avec lui seulement que je dois partager ce que j'en ai appris. Quelle ironie de constater que ces pages perdues depuis deux générations et recherchées par les aventuriers de tout acabit tombent aujourd'hui par hasard entre les mains d'un Blanc qui ne peut même pas lire l'arabe ! »

Un frôlement contre l'extérieur de la porte fait sursauter le marabout. Rapidement, il s'empare du livre et le glisse dans une anfractuosité du mur près d'une étagère. Le frôlement se fait plus précis.

— Qui est là ? demande-t-il.

La porte s'ouvre brusquement sur deux imposantes silhouettes vêtues de noir, coiffées et masquées d'indigo. D'un rapide coup d'œil, les intrus jugent de la quantité de livres qui encombrent la pièce.

— Qui êtes-vous ? Que voulez-vous ?

— Un Toubab est venu ici avec un vieux livre, aujourd'hui. Qu'en as-tu fait ?

— Je n'ai vu aucun Toubab ici, auj…

Une main solide se referme sur la gorge du vieil Abdoulaye tandis qu'un long poignard se met à briller sous le reflet pâle de la lampe à huile.

— On a assez perdu de temps depuis ce matin avec les menteurs de tout acabit, dit-il. Tu parles ou tu meurs.

* * *

Nous sommes sur le terrain adjacent à la « Maison des jeunes » de Djenné : un terrain vide sur terre battue entouré de murs en ciment et en banco. Seydou est adossé contre le mur, juste à côté de la porte donnant sur la rue. Des adolescents vont et viennent, me jettent un regard un peu étonné puis se dispersent dans la cour. Sur une vaste estrade au fond, quelques garçons et filles de notre âge installent les instruments en vue de la soirée de musique qui s'annonce. Des guitares et des trompettes côtoieront des instruments plus traditionnels tels des balafons — curieux xylophones dont les caisses de résonance sont des calebasses de diverses tailles — et des djembés, des sortes de tam-tam. Des danseuses et danseurs amateurs pratiquent quelques exercices de réchauffement tandis que les spectateurs anticipent leur plaisir en battant des mains et en fredonnant les airs qu'ils espèrent entendre jouer.

— Alors ? On fait quoi ? demande Seydou pour la millième fois.

Il ne s'informe pas pour savoir si j'ai envie de participer à la soirée dansante, l'un des seuls loisirs de la jeunesse de Djenné, Seydou se demande si je ferai fi des paroles de sagesse du vieux marabout pour succomber à l'envie devenue maintenant obsédante de retrouver le diamant de lune.

— Tu n'as pas trouvé que le regard de monsieur Salam semblait me supplier de ne pas céder à la tentation ?

Seydou pousse un bruyant soupir en levant les yeux et les mains vers le ciel.

— Bien sûr que j'ai trouvé. Le vieux hibou a voulu te dissuader de rechercher le bijou parce qu'il veut mettre la main dessus à ta place.

— Non, ça, c'est sûr que non. Il y avait autre chose… en tout cas, je pense.

Seydou s'approche de moi et cherche à souder son regard au mien :

— Dis-moi, tu n'as pas peur, hein ?

Je lui allonge une violente claque sur l'épaule.

— Qu'est-ce que tu racontes, « fils de Peul » ? Je n'ai jamais eu peur de ma vie !

— Alors, quoi ? Pourquoi hésites-tu comme ça ? Ce livre est à toi et il vaut une fortune. Abdoulaye Salam n'avait pas les moyens de te le payer et il ne se résignait pas à te le rendre non plus. Voilà pourquoi il a cherché à jouer sur tes sentiments en prétextant je ne sais quelle valeur ou quel mérite. On retourne là-bas, tu lui dis que tu as bien réfléchi, que tu désires reprendre ton bien et tu récupères le bouquin. C'est tout.

— Et on fait quoi avec ? Il est écrit en arabe.

Avant de répondre, Seydou attend que deux fillettes d'une douzaine d'années passent entre lui et moi. Elles me fixent un moment d'un air effronté, pouffent de rire et s'éloignent en direction de l'estrade.

— Mon prof de l'école coranique lit couramment

l'arabe, dit Seydou. On va lui demander de traduire les dernières pages. Tout le reste, on le sait, c'est seulement des poèmes d'amour.

— Tu apprends le Coran, toi ?

Il a un geste vague de la main et plisse le nez en une moue de dénégation.

— Ça fait un moment maintenant que je n'y suis pas allé, mais… peu importe. Alors ?

La logique voudrait que je suive les recommandations de Seydou. Elles sont certes plus sensées que celles du marabout. Pourquoi abandonner un trésor aussi fabuleux sous le simple prétexte qu'il appartient à l'Histoire ou qu'on tuerait une légende ? Et pourquoi me soucier de l'opinion d'un adulte à mon endroit ? Fût-il un vieux sage ? Fût-il l'héritier d'un savoir immense, le gardien des légendes de son peuple ? Je n'ai pas l'habitude de me laisser faire la morale, comme il s'est plu à le faire ; de toute façon, les adultes ne sont jamais contents de mes décisions quelles qu'elles soient.

— Que te conseillerait ton père, ou ta mère, s'ils étaient au courant de tes tergiversations ? me demande Seydou.

— De suivre les conseils du marabout.

— Tu vois ? Plus aucun doute, c'est moi qui ai raison.

* * *

Je crois que papa serait très déçu d'apprendre que l'ami qu'il m'a choisi se révèle finalement aussi indiscipliné que moi. Rien que pour cet accroc à son autorité, je suis heureux de suivre l'avis de Seydou. C'est donc en rigolant que nous marchons dans les ruelles obscures de Djenné en direction de la maison d'Abdoulaye Salam. En arrivant, nous sommes surpris de trouver la porte entrouverte.

— Missié Salam? lance Seydou en frappant discrètement. Missié Salam, vous êtes là?

Intrigués de ne recevoir aucune réponse, bien que la porte ne soit pas fermée, nous mettons timidement un pied à l'intérieur. Même sans lumière, nous constatons immédiatement que le désordre n'est plus le même que lors de notre première visite. Cette fois, les livres ne sont pas empilés, ils sont éparpillés sur le sol. De toute évidence, on les a retournés, lancés, déchirés… Des couvertures sans plus de contenu reposent çà et là, leur reliure de cuir perforée; des pages de vélin ancien, des parchemins, des cartes traînent en fragments épars, témoins silencieux de la fureur inconnue qui les a détruits. Nous avançons à petits pas dans cette dévastation, incrédules, incapables de comprendre la cause d'un tel ravage. Je bute soudain sur un objet lourd au sol et une plainte me répond.

— Monsieur Salam ! Mon Dieu ! Seydou, vite, allume la lampe !

Mon ami s'empresse de gratter une allumette et j'aperçois le corps du vieux marabout au milieu des pages déchirées de ses livres bien-aimés. J'ai presque un haut-le-cœur : il y a du sang partout.

— Il… il a le crâne ouvert, dit Seydou. Qu'Allah nous garde ! Il a été frappé à la tête.

Je me penche sur le vieil homme pour juger de la gravité de sa blessure et, comme je passe au-dessus de lui, il retient ma main dans la sienne. Ses doigts couverts de sang collent à ma paume, ses lèvres tremblent, ses yeux à demi révulsés cherchent les miens.

— Tou… babou…

— Ne parlez pas, monsieur Salam. Je vais… Nous allons…

— Écoute-moi, Toubabou.

Sa voix est à peine audible, mais sa volonté est intacte et son autorité perce encore dans les gargouillis que fait sa salive mêlée de sang.

— Des tueurs sont sur la piste du trésor d'el Hadj. Ils ont été sans pitié pour moi ; ils le seront pour toi.

— Qu'ils gardent le livre, alors ! dis-je sans plus me soucier d'autre chose que d'un vieil homme en train de mourir dans mes bras.

— Tu… tu as peur ?

La question prend deux ou trois secondes avant de se

formuler vraiment dans ma tête. Peur ? Je ne pense pas à la peur. Je n'arrive pas encore à imaginer que ce pourrait être moi, étendu là, agonisant. J'essaie de nous représenter, le marabout et moi, nos rôles inversés : lui me soutenant, moi crachant le sang. Malgré cela, je n'arrive pas à ressentir la peur.

— Tu es décidément très bête, Toubabou, murmure-t-il après un moment. Je le vois bien que tu es insouciant. Je lis dans tes yeux la soif d'aventure, le désir de poursuivre des chimères, la tentation de…

— Mais cessez de parler, monsieur Salam, vous voyez bien que vous perdez tout votre sang. Laissez-moi vous…

Il serre ma main avec une énergie qui m'étonne. Ses pupilles noires projettent encore leur lumière ardente, et il m'est impossible de ne pas lui obéir.

— Tu étais venu me réclamer le livre, n'est-ce pas ? Tu voulais partir à la recherche du diamant de lune ?

— Qu'importe, maintenant qu'on vous l'a volé.

— Ils ne l'ont pas trouvé ; je l'ai caché là, dans le mur, juste derrière toi. Les deux Touaregs qui sont venus ici croient maintenant que le Toubabou qui a acheté le livre l'a gardé avec lui. Les Blancs sont plutôt rares à Djenné ; ils ne mettront pas longtemps à trouver ton nom… et la maison où tu habites.

— Quoi ?

— Maintenant que tu connais l'emplacement du

livre, tu fais face au vrai défi, petit Toubabou orgueilleux. Que feras-tu de ton bien ? T'en serviras-tu pour trouver le trésor en dépit des menaces qui pèsent sur toi ? Ou t'empresseras-tu de le donner à ces tueurs afin de sauver ta vie ? Seras-tu courageux ? Ou seras-tu…

Il ne termine pas sa phrase, aux prises soudain avec une quinte de toux qui lui fait cracher un filet de sang. Je l'essuie doucement avec un pan de son large col.

— … poltron ? dis-je pour poursuivre la question à sa place.

— … seras-tu sage ? corrige-t-il après avoir repris son souffle.

Je lève les yeux vers Seydou, mais la lampe qu'il tient à bout de bras me cache son visage. Je ne sais pas ce qu'il faut répondre ; je ne sais pas choisir. Je ne suis pas courageux, je ne crois pas, mais je n'ai jamais été sage non plus. Je demande :

— Que feriez-vous à ma place, monsieur Salam ? Que m'arrivera-t-il si je choisis d'être courageux, mais que la peur s'empare de moi en cours de route ?

Sa main quitte la mienne et il caresse doucement ma joue de ses doigts osseux.

— C'est dans la peur, dit-il, qu'on trouve le vrai courage.

— Vous choisiriez la peur, monsieur Salam ? Vous choisiriez le courage ?

— Mon désir…

Il s'interrompt de nouveau pour cracher encore un long filet de sang. Sa voix devient encore plus faible.

— Mon désir, reprend-il, est que le livre et le trésor d'el Hadj retournent à la légende et au désert.

Sa main retombe sur lui, et cette fois, dans ses yeux, je ne distingue plus que la nuit qui vient de l'emporter.

La fugue

O n n'a pas eu le temps de le faire traduire.

Seydou lève la tête, hausse les épaules puis se remet à farfouiller dans les sacs qu'on est allés remplir précipitamment chez lui. Rien que l'essentiel : eau, fruits, quelques vêtements… et quelques francs. On n'a pas pris le risque de passer chez moi. Mon père croira que je dors chez Seydou, et l'oncle de Seydou croira l'inverse. Ça nous donne la nuit complète et une partie de la journée de demain avant que tout le monde se mette à nous rechercher. D'ici là, nous aurons une sacrée avance sur les Touaregs.

— Ça ne fait rien, répond Seydou après un moment. On le fera traduire à Tombouctou. Plein de gens là-bas parlent arabe.

Je caresse la couverture de vieux cuir tannée par les années dans le désert, je feuillette les pages écornées, respire leurs effluves poussiéreux et trouve dans cet assemblage une douceur, une tendresse, une sensualité inattendue qui mêlent en moi les rêves déçus d'el Hadj et les espoirs ultimes d'Abdoulaye Salam. Je ne sais plus très bien pourquoi j'ai choisi de partir à Tombouctou, de courir au pays touareg et de risquer de me jeter dans l'antre même des meurtriers. Retrouver le diamant de lune ? Devenir riche et me couvrir de gloire ? Prouver à mes parents et à Tobin qu'ils n'ont jamais su reconnaître mes capacités ? Me prouver à moi-même que je ne suis pas un poltron ? Réussir là où deux générations d'aventuriers ont échoué ? Sans doute tout ça à la fois.

Ou peut-être, simplement, ai-je envie, comme me l'a demandé Abdoulaye Salam, de rendre au désert la légende d'el Hadj.

Dans tous les cas, Tombouctou est la clé, l'achèvement. Et c'est là que nous filons, Seydou et moi.

— Zut ! J'aurais bien dû emporter ma lampe de poche, dit Seydou en finissant de fouiller son sac. On est vraiment partis vite.

J'étire le cou pour voir la grande place face à la mosquée, mais il fait encore trop sombre. Derrière le muret qui nous sert de cachette, nous guettons l'endroit où, tous les matins, les taxis-brousse se regroupent pour attendre leurs clients. Des phares ont attiré notre attention tout à l'heure, mais le véhicule ne faisait que se ranger dans l'aire qui lui était désignée. Les vieilles camionnettes déglinguées et les Peugeot à bout de souffle qui servent de moyens de transport sur les routes maliennes peuvent patienter toute la matinée avant de s'ébranler vers leurs destinations respectives. Tant que le véhicule n'a pas accueilli son nombre minimum de clients, le conducteur — et les clients — attendent.

Mais ce matin, Seydou sait qu'un groupe a réservé deux voitures pour Mopti et que celles-ci doivent partir tôt. Nous prévoyons donc avoir la chance de monter dans l'une d'elles et quitter rapidement Djenné. Mopti sera notre première étape. De là, nous monterons à bord d'une pinasse et descendrons le Niger en direction de Tombouctou, au nord. Le trajet par voie fluviale demandera près de quatre jours. Si nous sommes chanceux, quand les Touaregs déduiront que nous ne sommes plus à Djenné, nous voguerons déjà loin d'ici.

Un bruit de pas derrière nous me fait me retourner brusquement. Un gamin d'une dizaine d'années vient d'apparaître, déguenillé, sale, l'épaule droite plus basse que l'autre, affaissée par un lourd sac qu'il tient en bandoulière. Alarmé, appréhendant qu'il ne soit pas seul, je scrute aussitôt les ténèbres autour de lui.

— Ali! dit Seydou en l'apercevant, tu n'aurais pas une lampe de poche?

Puis, se rappelant que le garçon ne parle pas français,

il répète sa question en une langue que je ne connais pas. L'enfant laisse tomber son sac par terre pour l'ouvrir.

— Holà ! dis-je à l'adresse de mon copain. C'est qui, lui ?

— Lui ? fait Seydou d'un air désinvolte comme pour minimiser l'importance du sujet, c'est Ali. Il vient avec nous.

— Comment ça, il vient avec nous ? Tu ne m'as jamais dit… On n'a jamais discuté d'un troisième voyageur.

— Voyons, c'est seulement Ali.

— Comment ça ? C'est qui, ce gamin ? Il est dans le secret ? Qu'est-ce qu'il… ? Il n'en est pas question !

Seydou se redresse et se campe face à moi pour me regarder directement dans les yeux.

— Ali est mon esclave, on peut avoir besoin de lui.

De stupéfaction, ma mâchoire inférieure tombe quasiment sur ma poitrine. Je m'y reprends à trois fois avant de pouvoir répliquer.

— Ali est… quoi ?

— C'est un Rimaîbê, l'ethnie esclave des Peuls, finit par expliquer Seydou tout en saisissant la lampe de poche qu'Ali vient d'extirper de son sac. Il vit avec les siens dans un petit village non loin d'ici. Quand on a besoin de main-d'œuvre pour les travaux des champs, par exemple, ou pour prêter main-forte pendant les célébrations d'un mariage qui peuvent durer une semaine, on exige des Rimaîbês qu'ils viennent nous servir.

— Je rêve, là, ou quoi ? Un esclave ? Au troisième millénaire ?

— Quoi, le troisième millénaire ? ironise Seydou. Il y a une stèle quelque part sur laquelle il est inscrit qu'à partir du XXIe siècle, l'esclavage est aboli ?

— Mais on n'est pas en Amérique dans un champ de coton, en 1850, enfin !

— Non, mais dis donc, le Blanc prétentieux ! Tu crois que seuls les Occidentaux possèdent une supériorité de race qui les a conduits à utiliser des esclaves ? Ouvrez-vous un peu au monde, par Allah ! Nous aussi, nous avons nos traditions esclavagistes et, contrairement à vous, nous n'en avons pas honte. En tant que Peul, je suis fier de mon ethnie conquérante et dominatrice qui a connu de grands règnes.

— Tu es fier d'être esclavagiste ?

— Demande à Ali s'il a honte d'être mon esclave.

— Tu es ridicule.

— Très bien, je lui pose la question pour toi.

Il se tourne vers le garçon et lui parle en peul. Devant la question qui semble le surprendre, Ali me regarde puis répond quelques mots en redressant les épaules. Seydou me traduit aussitôt :

— Tu vois ? Il dit qu'il est fier de servir une ethnie aussi valeureuse que les Peuls.

— Ben voyons donc, Seydou ! On ne va quand même pas emmener un esclave… Enfin, regarde. Ce gamin est trop jeune pour nous suivre dans notre équipée.

— Je ne traduirai pas ta remarque à son intention, il serait insulté. Ali a quatorze ans ; le même âge que nous.

— Quoi ? Il a l'air…

— C'est l'Afrique ici. On n'a pas les régimes équilibrés des Blancs… quand on a de quoi manger.

Un écho de voix dans le lointain m'empêche de protester davantage. Nous nous pelotonnons tous les trois contre le muret.

— Ce sont eux ! s'exclame Seydou à mi-voix. Les pèlerins. Je reconnais le groupe qui était à la mosquée hier. Deux et même trois voitures se déplacent dans leur direction. Attendez-moi, je reviens.

Il quitte notre cachette et file vers le groupe de voyageurs en courant à demi courbé comme l'espion qui a peur de se faire prendre, ou le soldat qui se protège des balles. L'analogie me fait sourire et je m'étonne de mon insouciance. Malgré la mort violente du marabout, je ne parviens pas à ressentir le danger qui pèse sur nous. Suis-je courageux… ou inconscient ?

Au bout de deux minutes, Seydou revient. À peine arrivé à notre hauteur, il donne son sac à Ali et me dit :

— Prends ton barda, on embarque.

— Formidable !

— Et tu sais ce qui est encore plus formidable ?

Éclairé à contre-jour par les pâles ampoules au sodium de la mosquée, je ne vois que ses dents blanches dans son visage noir.

— On ne paie rien. Gratos pour deux bons musulmans comme Ali et moi, et gratos également pour un Toubabou qui veut se convertir à l'Islam.

— Hein ? Tu ne leur as quand même pas dit… ?

— Ben quoi ? raille-t-il en nous entraînant avec lui vers les taxis-brousse. Tant qu'on n'a pas trouvé le diamant de lune, faut économiser nos sous.

* * *

Après être resté assis quatre heures avec quinze personnes dans la boîte d'une vieille camionnette Toyota, je commence à avoir hâte d'arriver à Mopti. Une planche en bois sert de banc, et la suspension du véhicule est réduite à quelques lames de métal directement appuyées sur le châssis sans plus aucun jeu pour absorber les chocs. J'ai les fesses en compote et le dos en marmelade. Je suis coincé entre un gros taciturne qui pue la sueur et un petit osseux qui suce une tige de canne à sucre depuis le départ. À nos pieds, des ballots et des valises fatiguées encombrent le plancher. Je suis le seul Blanc, bien sûr, et cela semble en amuser quelques-uns. Les Maliens qui parlent français sont curieux de savoir ce qui me pousse à vouloir changer de religion. Je m'abstiens d'aborder le sujet en jetant à gauche et à droite de petits sourires niais.

Dans les diverses agglomérations que nous croisons, chaque fois que le véhicule s'arrête, une nuée de vendeurs de tout acabit se ruent pour nous vendre leurs denrées : mangues, oranges, bananes, eau en sachet de plastique — dont on arrache un coin avec les dents pour boire à même le sac ou avec une paille —, galettes de sésame, boulettes de beurre d'arachide… Des vendeurs de breloques s'approchent également quand ils constatent qu'un Blanc se trouve au milieu des voyageurs. C'est à croire que seuls les Toubabs achètent leur marchandise.

Le décor n'a pas changé beaucoup entre Djenné et Sévaré, puis entre cette ville relais et Mopti. Une plaine sablonneuse et poussiéreuse piquetée ici et là d'euphorbes — plantes à feuilles grasses —, de maigres acacias, de quelques rôniers et, à l'occasion, d'un baobab solitaire. Les animaux sauvages sont rares, sauf les oiseaux. J'en dénombre plusieurs espèces que je serais bien en peine d'identifier, mais qui ressemblent, en passant au-dessus de nous, à des coups de pinceau multicolores qu'un peintre invisible donnerait sur la toile du ciel. C'est beau.

Comme nous sommes partis très tôt de Djenné,

nous arrivons à Mopti avant que le soleil ne se déchaîne, avec toute sa violence.

Mopti, davantage que Djenné, se rapproche de la notion que nous avons d'une ville. Les bâtiments sont plus hauts, plusieurs sont en ciment, il y a des poteaux électriques, des voitures… Certaines rues sont même asphaltées. Par contre, on y retrouve la même poussière omniprésente qui recouvre chaque habitation, chaque monument, chaque mur, qui s'infiltre dans vos oreilles, vos yeux et vos narines. J'ai l'impression d'en avaler de grandes cuillerées chaque fois que je respire. La poussière rabote la gorge, fait râler, tousser… Ici, sans doute à cause du grès qui caractérise les alentours, elle est rouge. Comme le fer rouillé.

Nous abandonnons nos généreux pèlerins pour nous diriger immédiatement vers le port. Comme cela fait déjà quelques mois qu'il n'a pas plu et que le niveau du fleuve a baissé, on n'y retrouve pas de navires de grand tonnage. Rien que des pinasses, ces espèces de longues pirogues effilées munies d'un toit, et des chaloupes. Comme il n'y a pas de quai comme tel, toutes ces embarcations sont disposées sans ordre apparent le long des berges. Elles sont amarrées à même la plage au milieu des femmes qui font la lessive, des filets de pêcheurs, des abris de fortune, des bateaux en construction et des enfants qui jouent. Comme pour les taxis-brousse, les barques sont surchargées de passagers et de ballots. Les lignes de flottaison touchent presque les rebords.

Seydou et Ali vont et viennent d'une pinasse à l'autre à la recherche d'une embarcation en partance pour Tombouctou. Plusieurs sont disponibles, mais ayant peu de passagers, elles coûtent trop cher pour nos modestes moyens. Chaque minute perdue à chercher ou à négocier rapproche les tueurs. À l'heure actuelle, ils sont peut-être déjà au courant du fait que nous n'avons dormi ni chez moi ni chez Seydou. Ils ignorent que nous avons filé vers Mopti, mais ne tarderont pas à en arriver à cette déduction.

Le soleil est de plus en plus haut et il fait de plus en plus chaud. Cela agit sur ma patience. Parfois, des enfants m'adressent des « Toubab, cadeaux ? » pour me demander la charité, et cela m'énerve. Ils sont petits, sales, déguenillés, mais je n'ai rien à leur donner. Je ne vais quand même pas ôter ma chemise une fois de plus. Seydou revient près de moi, et je constate à sa mine dépitée qu'il n'a réussi à convaincre aucun piroguier de nous conduire à Tombouctou vu nos maigres moyens financiers. Cela ne va pas bien ; je m'inquiète.

— Il y a bien une pinasse qui partira aujourd'hui, précise Seydou, mais personne ne sait à quelle heure. Le capitaine attend que toutes les places soient réservées. Il lui faut 45 personnes, et ils ne sont que 20 à avoir payé leur place pour le moment. Ça ferait 23 avec nous.

— Et 22 personnes supplémentaires, c'est long à trouver?

Seydou hausse les épaules en faisant la moue.

— Ça dépend des jours, semble-t-il. Ça peut prendre deux heures, quatre heures ou toute la journée.

— On fait quoi?

— Pas beaucoup de solutions. On attend ou on trouve une voiture pour se rendre à Gao. De là, il faut chercher une place dans un quatre-quatre qui traverse le désert afin d'atteindre Tombouctou. Pas facile... et ça risque d'être beaucoup plus long.

Je pousse un soupir en regardant machinalement vers les rues de la ville. Je commence à craindre l'arrivée inopportune de nos poursuivants. L'agitation du port autour de moi prend tout à coup un caractère irréel; j'ai l'impression d'être devenu l'acteur d'un mauvais film d'action.

— On peut aller attendre à l'abri dans un café plus haut, suggère Seydou. Ça nous fera passer les heures chaudes de la journée et on pourra manger et boire un peu.

Nous n'avons guère le choix, et c'est ainsi qu'Ali part réserver nos places sur la pinasse tandis que nous remontons vers les rues adjacentes. Nous nous attablons dans un café autour d'assiettes de « riz sauce » — un mélange de sauce tomate et de viande de mouton dans

lequel le riz a cuit. Nous buvons ensuite des « sucreries »,
le nom local pour les boissons gazeuses, en observant
l'activité du port en contrebas. Pendant les heures qui
suivent, Ali — qui, pour tout repas, s'est contenté de ce
qui restait dans nos assiettes — erre de la pinasse jusqu'au café pour nous tenir au courant de l'évolution des
réservations. Le rythme n'est pas très rapide. À 14 h,
30 personnes seulement ont payé leur place ; l'inquiétude commence sérieusement à me gagner. L'avance
prise ce matin a fondu comme glace au printemps et les
Touaregs, à cette heure-ci, ont dû apprendre que nous
avions disparu. Tout le monde doit nous chercher ; papa
a peut-être même demandé à la police de s'en mêler. Un
adolescent blanc qui voyage seul — ou à peu près — sur
les routes maliennes est facile à signaler.

— Reste *cool,* dit Seydou en usant de cette expression à la mode. Même s'ils vont finir par comprendre
que, logiquement, toi et moi avons dû choisir la pinasse
comme premier moyen d'atteindre Tombouctou, ils
croiront que nous l'avons prise directement à Djenné. Ils
ne devineront pas que nous avons parcouru une partie
de la distance en voiture jusqu'à Mopti.

— À moins que des chauffeurs de taxi-brousse qui
se trouvaient sur la grande place ce matin ne les infor-
ment du contraire.

— Ce n'est pas impossible, mais, encore là, nous
avons au moins six heures d'avance sur eux.

— Ça fait cinq heures qu'on attend ici, maintenant. Dis plutôt qu'on n'a plus qu'une heure d'avance.

— T'es trop pessimiste.

— T'es un inconscient.

— J'ai l'impression d'entendre ta mère.

J'éclate de rire malgré moi. Deux ou trois clients du café me jettent un bref regard puis retournent à leur thé.

— Tu ne la connais même pas, ma mère ! fais-je en cherchant à reprendre un ton sérieux, performance à laquelle je ne parviens pas.

— Tu m'en as tellement parlé…, réplique-t-il de son air pince-sans-rire et en laissant sa phrase en suspens.

— Bon, ça va, tu as raison. Inutile de nous inquiéter pour le moment. Dès que nous serons à bord du bateau, nous serons à l'abri.

— *Inch'Allah !*

J'étire mes jambes sous la table et porte les mains derrière la tête, histoire d'étirer un peu mes muscles ankylosés par l'inaction. La détente est plus manifeste que prévu et je reste ainsi un moment à la savourer. Seydou tourne sur lui-même à la recherche de son bagage qu'il aperçoit sous la table, près de mes pieds.

— Refile-moi mon sac, demande-t-il en pointant le doigt vers le paquet.

D'instinct me vient à la bouche la réplique provocatrice que j'utilise si souvent avec ma mère.

— Je ne suis pas ton…

Je m'interromps à temps. Je viens de penser à Ali, cet adolescent de notre âge, qui ne paraît pas plus de dix ans, et qui doit répondre aux moindres demandes de Seydou, simplement parce que sa naissance a fait de lui un Rimaîbê plutôt qu'un Québécois. Par respect pour lui, je choisis de ne pas narguer mon ami peul avec le mot « esclave ».

— Si tu ajoutes « s'il te plaît » à la fin de ta demande, dis-je, ce sera avec plaisir.

— S'il te plaît, complète Seydou en s'amusant visiblement.

Je me penche et lui tends son sac.

— Voilà. Et prends l'habitude de faire de même avec Ali chaque fois que tu lui demandes quelque chose. Il est gentil, il mérite que tu le respectes.

— Je le respecte, fait-il d'un ton exprimant l'évidence.

— Tu le commandes.

— Mais puisque c'est mon…

— Ami ! C'est ton ami, rien de plus.

— Moi, je dis : *En plus,* c'est mon ami.

Ali nous empêche de poursuivre plus loin notre discussion en arrivant à nos côtés. La mine rieuse qu'il affiche en permanence s'est assombrie un peu. Il s'adresse à Seydou dans leur langue commune et leur expression soucieuse commence à m'alarmer.

— Que se passe-t-il ?

— Ali dit qu'il a repéré deux Touaregs qui posent des questions aux gens, répond Seydou en se levant. Il paraît qu'ils cherchent quelqu'un.

— Merde ! Ça pourrait être eux.

— Reste caché ici, je vais voir s'ils parlent d'un Toubab. Surveille nos sacs.

— S'il te plaît ?

— S'il te plaît.

Mes deux amis quittent le café, et je les vois disparaître au milieu de la foule qui déambule le long des petits commerces de la rue.

Ali, le premier, repère deux hommes de haute taille, vêtus de boubous noirs et coiffés d'un chèche indigo. À la ceinture, ils affichent de longs couteaux gainés de cuir.

— Les voilà ! dit-il en peul.

— Reste naturel, ordonne Seydou. Fais semblant qu'on les croise par hasard ; ne les regarde pas.

En s'approchant, les deux adolescents entendent les questions que les Touaregs posent autour d'eux en bambara. Leurs voix, caractérisées par un accent tamasheq, sont fortes et autoritaires.

— Toubab ? Non, pas remarqué, répond une vieille femme qui porte un chargement de bois sur la tête.

— Il y en a plein des Toubabs, ici, tous les jours, répond une autre femme qui offre ses mangues, un bébé endormi sur le dos. Voyez la pinasse, là, on voit au moins dix Toubabs qui arrivent par le fleuve.

— Un garçon de quatorze ans, précise l'un des Touaregs, qui paraît dix-huit ans. Il est en compagnie d'un Peul de son âge.

— Je l'ai vu.

Le Touareg se tourne vers Ali qui vient de l'aborder.

— Tu l'as vu ? Où est-il ?

— Vous me donnez combien si je vous informe ?

L'homme se redresse comme si on avait cherché à le frapper. Son œil noir devient si lumineux que l'adolescent regrette aussitôt sa facétie.

— Rien si tu me donnes le renseignement, répond le Touareg en se retenant de cracher chaque mot, une gifle si tu ne me dis rien.

Le garçon se retient de glousser.

— Il est parti ce midi par le fleuve, répond-il enfin. Je l'ai vu embarquer sur une pinasse en direction de Ségou.

— Comment ça, Ségou ?

— Est-ce que je sais, moi ?

— Tu es sûr qu'il n'a pas pris plutôt la direction du nord ? Vers Gao ?

Seydou remarque que l'homme évite à dessein de prononcer le nom de Tombouctou. Le garçon aimerait bien intervenir dans l'interrogatoire, mais il a peur de rendre les poursuivants plus soupçonneux à leur égard.

— J'ai vu la pinasse partir par là, précise Ali en pointant l'amont du fleuve. Par là, c'est Ségou.

Les deux hommes échangent de brèves phrases en tamasheq puis se tournent de nouveau vers les garçons.

— Si tu nous as menti, dit l'homme, nous le saurons et nous te retrouverons.

Il porte la main à sa poche et en retire une pièce de cent francs. Il la balance à Ali en la faisant tournoyer dans les airs. Le Rimaîbê l'attrape d'un geste habile.

— Viens, ordonne Seydou en continuant à marcher dans la direction opposée au café. Tu as fait du bon travail.

— Le temps qu'ils retrouvent la trace de toutes les pirogues parties en direction de Ségou, commence Ali…

— … nous serons loin, termine le Peul.

Donnant l'impression de flâner vers le centre-ville, les adolescents s'approchent un moment du marché couvert puis, après s'être assurés que les Touaregs ne sont plus en vue, reviennent en direction du port. Pendant qu'Ali poursuit son chemin vers la pinasse en partance pour Tombouctou, Seydou retourne au café.

Je me suis retiré vers l'arrière du boui-boui, près du muret abritant le trou servant de lieu d'aisances. L'odeur n'est pas très engageante, mais je préfère me tenir ici à l'abri des regards, histoire de ne pas me faire surprendre. J'ai donc tout lieu de voir apparaître Seydou dans l'entrée bien avant qu'il me remarque. Par signes, il m'avise que tout danger est écarté et m'invite à venir le rejoindre près des tables, ce que je fais en lui demandant :

— Alors ?

— Ali est parvenu à leur faire croire que nous étions partis pour Ségou, dans la direction opposée.

— Et on est censés faire quoi à Ségou ?

— On n'a pas eu à le leur préciser.

— Ben voyons, Seydou ! dis-je. Ces hommes ont de bonnes raisons de penser que nous sommes partis pour Tombouctou et ils croiraient le premier venu qui leur affirme le contraire ?

— En tout cas, ils ne sont plus là.

— Je n'aime pas ça. J'ai hâte de filer d'ici et de les sentir loin derrière moi.

— Voilà Ali qui revient.

Le Rimaîbê arrive en courant. Il semble excité et, avec un débit rapide, parle à Seydou en souriant.

— Bien, lance mon ami en se tournant vers moi. Le capitaine de la pinasse dit que plusieurs clients se sont présentés dans la dernière demi-heure et qu'il partira dans peu de temps. Il nous demande de récupérer notre bagage et de monter à bord.

Seydou s'adresse à Ali qui se précipite sur nos sacs pour les charger sur ses épaules.

— Non, laisse, Ali, dis-je en m'emparant de mes effets. Je peux les porter tout seul.

Il me regarde d'un air désolé et dit quelques mots à Seydou.

— Il veut savoir pourquoi tu ne lui fais pas confiance, traduit ce dernier.

— Comment ça ? Ça n'a rien à voir. Dis-lui que je me fie totalement à lui, mais que c'est à moi de porter mes affaires. (Je défie Seydou du regard.) Dis-lui aussi que je considère que c'est à toi de porter les tiennes.

Dans un geste qui lui est devenu familier, le Peul hausse les épaules puis répète mes paroles à Ali. Celui-ci, sans perdre son expression attristée, abandonne mon sac, mais conserve celui de Seydou. Soupirant bruyamment car je n'ai aucun autre moyen pour exprimer mon désaccord, je me désintéresse de mes compagnons pour attacher les sangles de mon sac à dos. Je m'assure également que ma ceinture porte-documents est bien attachée à ma taille et, quand je relève la tête pour me diriger vers la sortie du café, je me trouve face aux deux silhouettes sombres des Touaregs qui nous dominent de leur stature imposante.

Le fleuve

E ntre deux lattes de bois mal équarries qui laissent un
jour, je distingue la pinasse en partance pour Tombouctou. Je note l'effervescence des passagers qui se pré-
parent à appareiller au milieu des bagages de toutes
sortes. On crie, on rit, on s'interpelle, on se bouscule
dans l'agitation de l'embarquement. Dans l'espoir de
nous voir apparaître, le capitaine de la pinasse lance
régulièrement des regards en direction du café où nous
nous trouvions plus tôt. Visiblement inquiet de notre
retard, il se demande s'il doit courir le risque de mécon-
tenter ses clients en attendant indûment notre arrivée
ou, à l'inverse, nous décevoir, nous, en partant sans que
nous soyons montés à bord.

Nous sommes bloqués dans un petit entrepôt désaffecté où nous ont entraînés discrètement les Touaregs. La porte ferme mal, mais la mince ouverture qu'elle laisse à la hauteur du sol n'est pas assez large pour nous permettre, à Seydou ou à moi, de nous y glisser. Le Peul est près de moi. Je ne sais pas si c'est une idée que je me fais, mais il semble trembler comme une feuille à l'automne. Moi, je n'ai toujours pas peur, malgré la menace que font peser sur nous les deux nomades et le lustré des lames à demi dégainées. Ali, roulé en boule à nos pieds, gémit doucement. Les hommes l'ont interpellé un peu brutalement et il s'est aussitôt effondré en les implorant. Estimant que ses pleurs risquaient d'attirer l'attention, ils ont cessé de l'invectiver.

Le premier Touareg se plante devant moi pour m'indiquer sans ambiguïté que c'est moi qui les intéresse et que c'est avec moi qu'ils vont discuter. Quand il m'adresse la parole, c'est dans un français étrange, à l'accent teinté d'inflexions qui ne me sont pas familières.

— Toubab, je m'appelle Ibrahim. Le livre que tu as en ta possession nous appartient. Rends-le-nous et il ne vous sera fait aucun mal ni à toi ni à tes amis.

— Ce livre ne vous appartient plus, je l'ai acheté honnêtement.

— Ce vendeur n'avait pas le droit de te le vendre ; il est à nous. Nous allons te rembourser le montant que tu as payé.

— S'il y a eu erreur, je n'en suis pas responsable. Prenez-vous un avocat et poursuivez-moi en justice.

La haine qui passe dans les yeux du dénommé Ibrahim à ce moment me frappe comme une gifle. J'ai peine à demeurer stoïque, les bras croisés sur la poitrine comme si je faisais face à de jeunes mouflets. Je sens naître à la hauteur de ma nuque un frisson désagréable qui hérisse mes poils.

— Nous ne sommes pas en Occident, ici, dit le Touareg en faisant grincer ses dents les unes sur les autres. Nous prendrons ce livre de gré ou de force. Mieux vaut pour toi que ce soit de plein gré.

— Sinon nous subirons le sort du marabout?

J'ai lancé la phrase comme un défi; mais, en prenant conscience de ce qu'elle implique réellement, en revoyant le crâne ouvert d'Abdoulaye Salam et son sang répandu, mon malaise s'accentue. Je combats alors l'envie soudaine de prendre le sac sur mon dos et de le jeter aux pieds de mes poursuivants pour éviter de subir leur fureur.

— Nous sommes prêts à tout pour récupérer l'héritage de notre aïeul, dit Ibrahim.

— Votre… vous êtes les descendants d'el Hadj?

— Ne les crois pas, Quentin! s'exclame Seydou qui secoue soudain sa torpeur. Ici, nous sommes tous frères, tous les Peuls sont les fils d'un Peul plus âgé, tous les Touaregs se disent également…

— Tais-toi!

L'index pointé en direction de Seydou produit l'effet escompté. Ibrahim se tourne de nouveau vers moi en portant, d'un air menaçant, la main sur la garde de son poignard.

— Donne-moi le livre, Toubab, ou tu mourras.

— C'est donc bien vous qui avez tué monsieur Salam, dis-je. Nous allons vous dénoncer à la police.

— Pourquoi pas? réplique le second Touareg. Personne ne nous a vus pénétrer chez le marabout, tandis que vous, le voisin vous a aperçus deux fois, le jour de sa mort. Et la deuxième fois, vous êtes repartis bien vite, un livre sous le bras.

Nous sommes piégés. Je recule lentement jusqu'à ce qu'un amoncellement de rebuts métalliques m'empêche d'aller plus loin. À chaque pas que j'ai fait, Ibrahim en a fait un également, toujours menaçant, la lame presque entièrement retirée de sa gaine. Au moment où il porte la main sur la sangle de mon sac à dos, le second Touareg pousse un cri.

— Le petit! Par Allah! Il s'échappe.

Ali, profitant de l'inattention des deux hommes, s'est brusquement relevé pour plonger dans le mince entre-bâillement sous la porte. Dans l'interstice qui me sert d'observatoire, je le vois courir vers la pinasse en hurlant à l'aide.

— Par la barbe du prophète! Cette petite peste va rameuter tout le port.

Abandonnant l'idée de poursuivre le Rimaîbê devant tout le monde, Ibrahim remet le poignard dans son fourreau. Résigné au fait que les menaces n'ont pas eu sur moi l'effet escompté, il cherche maintenant à user d'affabilité :

— Toubab, ce livre se trouvait au fond d'une boîte envoyée par erreur à Djenné. Ma famille le recherche depuis deux générations. Il n'a aucune valeur autre que sentimentale pour nous. Nous te saurions gré de...

— Vous avez tué un vieil homme sans défense pour un souvenir de famille ?

— Par Allah, Ibrahim ! tonne le second Touareg. Tue ce petit morveux blanc et prenons le livre au plus vite.

— Par ici ! Par ici ! hurle tout à coup la voix d'Ali à l'extérieur.

Je m'approche de nouveau des deux lattes de bois pour regarder. Le capitaine de la pinasse, un petit homme trapu mais imposant, guidé par un Ali surexcité, arrive vers nous en compagnie d'une dizaine de passagers masculins. Davantage curieux qu'agressifs, ceux-ci n'en représentent pas moins une force potentielle non négligeable s'ils jugent que les Touaregs n'ont pas le droit de menacer des adolescents. Un élément que nos agresseurs comprennent rapidement.

— Tu n'as qu'à dire à ces gens que ces garçons nous ont volés, murmure le second Touareg à Ibrahim.

— Et moi, je leur parlerai du meurtre d'Abdoulaye Salam.

Retrouvant mon courage devant les renforts qui se manifestent, j'ai parlé avec un air de défi.

Ibrahim me jette à nouveau un regard noir dont la haine est cette fois si évidente que je chancelle un peu.

— Tu gagnes pour cette fois, Toubabou. Mais nous vous poursuivrons jusqu'à Tombouctou. Jamais tu ne découvriras le diamant de lune. Jamais tu ne perceras le secret de Rhissa ag Illi el Hadj.

Concluant d'un juron en tamasheq, il ouvre toute grande la porte et entraîne avec lui son compagnon. Les deux hommes franchissent sans mot dire la file des passagers qui arrivent à notre secours. Personne ne cherche à les retenir. Ils disparaissent tels deux spectres sombres en direction des rues de la ville.

* * *

Le capitaine de la pinasse s'appelle Youssouf. La trentaine environ, les épaules larges, les mains comme des étaux, il est de caractère jovial et sourit continuellement. Il ne quitte jamais un chèche monumental de couleur vert fluo qu'il tient bien enroulé autour de la tête, du cou et du menton. Il garde aussi en permanence sur ses épaules une veste doublée, indice que, sur le fleuve, l'air est plus frais que sur les berges.

L'incident dans l'entrepôt du port l'a amené à s'intéresser davantage à moi et, invité à voyager assis à ses côtés, je me retrouve séparé de mes compagnons. Je ne m'en plains pas, toutefois, puisque j'ai plus d'espace dans l'aire réservée au capitaine que si je partageais les bancs de la section des passagers. Malgré le vacarme occasionné par la proximité du moteur hors-bord, la fumée que je respire, l'eau qui gicle du trou où plonge l'hélice et qui mouille mes chaussures, je trouve la balade agréable. Et, il faut bien dire, ce départ me soulage !

La pinasse d'une longueur d'environ trente mètres est séparée en six sections principales. D'abord, à l'arrière, celle du capitaine avec le moteur, les bidons d'essence ou d'huile, les outils divers ; ensuite, celle des cuisiniers avec les réchauds, l'eau potable et les vivres ; finalement, quatre sections pour les passagers. Dans chacune d'elles, des bancs formés de deux planches de bois en L se font face, séparés au centre par une table étroite. Des coussins, même s'ils sont usés et crottés, procurent aux passagers l'illusion de voyager en première classe. En équilibre sur la poupe, séparé des regards par une cloison, un lieu d'aisances a été aménagé. Il s'agit d'un simple trou pratiqué dans la plate-forme et dans lequel il faut faire ses besoins dans l'eau en réduisant au minimum les dégâts sur le sol. Avec une vulgaire poignée en bois pour garder son équilibre dans les sursauts de l'embarcation qui frappe les vagues, répondre aux appels de la nature n'est pas l'exercice le plus commode.

— Alors? hurle Youssouf par-dessus le fracas du moteur. Ils voulaient quoi, les deux loustics qui vous menaçaient, là-bas?

Bien qu'il me paraisse sympathique de prime abord, je n'ose en confier plus qu'il n'en faut à ce nouvel ami. Je choisis donc de rester vague.

— Ils prétendaient qu'on les avait volés, dis-je en criant à mon tour, mais c'était une erreur.

— Une erreur sur la personne ou une erreur d'interprétation?

Youssouf est moins candide qu'il veut le laisser paraître. Visiblement, il tient à s'assurer qu'il s'est rangé du côté des bons. Je hoche la tête en signe d'abdication.

— Interprétation, dis-je. J'ai acheté un livre au marché et, eux, ils prétendent que je l'ai obtenu par erreur. Ils ont offert de me le racheter, mais j'ai choisi de le conserver. C'est mon droit puisqu'il m'appartient. Alors, ils m'ont menacé de le reprendre par la force.

— Je vois, fait Youssouf en hochant la tête pour bien signifier qu'il comprend la situation. Ils doivent drôlement y tenir, à ce livre, pour vous menacer ainsi.

Il me regarde d'un œil équivoque.

— Il est sans doute bigrement intéressant, le bouquin, pas vrai?

Incapable de répliquer sans me trahir, je choisis d'acquiescer en hochant la tête à mon tour.

— Tes amis et toi fuyez ces hommes ou bien vous poursuivez une quête parallèle à la leur ?

Vraiment pas candide, le capitaine. Vraiment pas bête, surtout.

— Nous allons à Tombouctou pour rapporter ce livre, dis-je sans mentir réellement. Je crois que ça ne fait pas l'affaire des deux Touaregs.

— Je vois. Ils voudraient exécuter la corvée eux-mêmes sans doute.

— Voilà !

Et j'emploie — en souriant intérieurement — l'accent tonique cher à Seydou. La trêve de questions qui s'ensuit me procure un répit bienvenu.

La pinasse s'attaque au fleuve en coupant les vaguelettes formées par l'harmattan — ce fameux vent du nord — qui souffle de face. Nous croisons quelques pirogues isolées dans lesquelles des pêcheurs lancent les filets ou poussent sur les gaffes. Des villages émergent ici et là le long des berges ; simples rassemblements de constructions en banco ou en briques crues autour d'une mosquée. Parfois, il ne s'agit que de quelques huttes éparses, construites en chaume, abris temporaires qu'on lèvera dès la mousson. On distingue des enclos, des chèvres, des enfants nus qui nous saluent de la main.

— Là ! Regardez ! s'écrie soudain un passager en français.

Il pointe le doigt vers une masse grise immobile au milieu d'une touffe de roseaux. Imposante, l'apparition ressemble à un gros rocher anonyme, un écueil à éviter. Soudain, une autre masse apparaît à côté de la première et se met à bouger.

— Des hippopotames ! s'exclame Youssouf en réduisant les gaz. Vous voulez qu'on se rapproche ?

— Trop dangereux ! hurle une femme visiblement effrayée. J'ai ma sœur qu'a vu sa pirogue culbutée par une bête comme ça. Mauvais caractère. Pire que mon mari.

Sous les rires, Youssouf m'interroge de ses sourcils relevés. Je comprends sa question muette : un Toubab ne devrait-il pas trouver pittoresque la rencontre avec des hippopotames dans leur habitat naturel ? Je hoche la tête de gauche à droite en signe de dénégation, refusant d'inquiéter inutilement les passagères. Youssouf remet le moteur à plein régime et nous regardons les masses grises se fondre petit à petit dans la berge verdoyante qui s'éloigne.

Aigrettes, ibis, aigles, balbuzards, échasses, perroquets, grues, cigognes… La liste des oiseaux qui survolent le fleuve semble sans fin. Au loin, près de l'horizon, un nuage étrange se forme soudain très rapidement. Dans un ballet frénétique, il monte et redescend, se déforme et se reforme, passant du cercle parfait à la géométrie la plus tortueuse. En désignant à Youssouf l'étrange phénomène, je m'informe :

— Qu'est-ce que c'est ?

— Des gangas, répond-il. De petits oiseaux qui volent en formation très serrée. On se demande ce qui les guide, car ils partent et se posent tous en même temps sans signal convenu.

— Mais ils doivent être des centaines pour former un rassemblement aussi compact !

— Des milliers.

J'admire un moment le nuage surexcité qui se scinde soudain en deux agglomérats distincts s'éloignant l'un de l'autre. Après cette brève scission, les masses s'attirent de nouveau, pareilles à deux aimants et se refondent dans une collision sans heurt qui dessine des formes encore plus audacieuses.

Avec le vent qui persiste à souffler de face, le soleil qui se rapproche de l'horizon et les embruns que crache parfois la proue, l'air se rafraîchit rapidement. Les Maliens commencent l'un après l'autre à s'emmitoufler dans leurs couvertures ou leur anorak. Youssouf me désigne la berge.

— Nous allons bivouaquer dès le petit soir, dit-il en usant d'une expression malienne typique ; dès qu'il fera trop noir pour naviguer. Pour ceux qui ont de quoi payer, mes cuisiniers vont frire des poissons-capitaines.

Nous les achèterons bien frais aux pêcheurs bozos qu'on croise depuis notre départ.

Lorsque nous mettons pied à terre, je m'informe auprès de Seydou :

— Où allons-nous dormir ?

— Comme tout le monde, ici sur la berge, à la belle étoile, répond-il sans paraître accorder la moindre importance à ma question. Je vais essayer d'obtenir un bon prix pour louer trois couvertures au capitaine.

Je cherche à paraître le plus détendu possible :

— C'est dangereux ? Je veux dire : les hippopotames, les scorpions…

— Fais plutôt gaffe au cram-cram, dit-il en me désignant la silhouette sombre des buissons près de nous. Ces maudites graines bourrées d'épines s'accrochent aux vêtements. Il y en a plein là qui transformeraient ta couverture en hérisson.

La nuit est tombée brusquement. Youssouf me dit que, dans les Tropiques, c'est toujours ainsi.

— Il y a le petit soir et, soudain, c'est la nuit.

Tandis qu'il me balance la couverture de laine que je viens de louer, je lui demande à son tour, discrètement :

— C'est dangereux, ici ? Je veux dire parler des hippopotames et des scorpions ?

Il me donne une tape d'encouragement sur l'épaule et me répond en nasillant :

— Naaan, t'en fais pas pour ça. Et t'en fais pas non

plus pour tes poursuivants, au cas où tu craindrais qu'ils aient pu nous suivre par la route. (Il me lance un clin d'œil.) J'ai choisi la rive opposée du fleuve pour le bivouac. Ainsi, il leur faudra au minimum trouver une pirogue et, dans ce cas, nous aurons le temps de les voir s'approcher.

La nuit s'est passée sans incident, malgré les braiments, les blatèrements, les meuglements, les béguètements, les couinements, les chuintements, les craquettements, les craillements, les hululements, les stridulations… C'est à croire que toute la faune africaine s'est donné rendez-vous autour de notre bivouac. Je me suis d'ailleurs éveillé avec un énorme scarabée bousier qui roulait sa crotte d'âne juste sous mes yeux. Un criquet gros comme un kiwi a croisé sa route et ils se sont un peu bousculés avant de reprendre chacun leur chemin.

Pendant la nuit, j'ai rêvé de la colère de mon père, de l'inquiétude de ma mère et de la rage de Tobin. Étrangement, je n'arrive plus à en tirer autant de plaisir.

Un peu avant l'aube, j'ai entendu un chantonnement non loin de moi. En me soulevant sur un coude, j'ai aperçu Youssouf en compagnie de quelques passagers qui se prosternaient face à l'est, la direction de La Mecque. Hier soir, un peu avant le souper, je les ai également surpris en train de se laver le visage, les mains et les pieds et d'entreprendre ensuite leur litanie religieuse.

Jusqu'à ce jour, je croyais que les musulmans étaient une bande d'Arabes armés de mitraillettes qui priaient, un couteau entre les dents. À les côtoyer, je prends tout à coup conscience de la fausse image qu'on a d'eux dans nos cours d'école remplies de petits chrétiens blancs. Les musulmans, c'est aussi Youssouf avec sa bonne bouille, ses sourires et sa gentillesse.

Après ses dévotions, au milieu de la toux matinale des fumeurs et des ronflements des retardataires, notre capitaine sonne la remontée à bord. Personne ne semble se soucier de déjeuner et j'avale rapidement une des barres de céréales dont j'ai rempli un compartiment de mon sac à dos. Les ablutions sont réduites au strict minimum ; le soleil apparaît à peine au-dessus des eaux du Niger que déjà la pinasse s'élance sur les vagues. La routine de la veille s'installe rapidement. Quelques familles qui n'ont pas les moyens de se payer le repas à bord se partagent des fruits qu'ils emportent depuis Mopti. Seydou accepte des dattes qu'Ali est allé cueillir je ne sais où dès l'aube. Quand il m'en offre, je les refuse poliment, ce qui semble le chagriner. Décidément, je ne comprendrai jamais la mécanique particulière d'un cerveau rimaîbê.

Vers le milieu de l'avant-midi, le soleil, impitoyable, se met à cogner sur la plaine. Le fleuve, indifférent, réverbère les rayons fous en brûlant ma peau blanche et mes yeux gris. Pour pallier les étourdissements qui commencent à se faire sentir, je cache mes bras sous une couverture et chausse mon nez d'une paire de verres fumés qu'un généreux passager — qui les portait comme accessoire sur la tête — m'a refilée. À ce moment, la pinasse se dirige à faible régime vers le port de Konna.

— Nous allons acheter quelques légumes et des fruits frais, m'explique Youssouf. Et puis, ce soir, au menu, du cabri.

— Pas encore du poisson! dis-je en voulant plaisanter.

— En Amérique vous avez des poissons avec quatre pattes, une barbichette et qui font « bêêêê! » ?

Il éclate de rire en coupant les gaz. Toujours gloussant, il saute à l'eau jusqu'aux genoux et plante un pieu en guise d'ancre. Il s'empare d'une planche que lui tend un cuisinier et l'installe en équilibre pour les passagers qui veulent descendre à terre. Seydou, Ali et moi, en dépit de la chaleur, sommes les premiers à sauter sur le sable mouillé pour aller nous dégourdir les jambes. Nous flânons un moment entre les filets des pêcheurs qui rapportent leurs prises du matin, les monceaux de linge des lavandières et les étalages de poissons qui sèchent au soleil sur des tapis de feuilles tressées.

— A flè! s'écrie tout à coup Ali en pointant le doigt vers la hauteur donnant sur les rues du village.

— Regarde! traduit Seydou en indiquant à son tour la même direction.

Deux hautes silhouettes vêtues de noir, coiffées et

masquées d'indigo nous observent sans même chercher à se cacher. D'instinct, je porte la main sur le sac dans mon dos. Je me rassure en soupesant sa masse un peu lourde.

— Ils nous harcèlent, souligne Seydou.

— Ou nous défient. À moins qu'ils cherchent simplement à nous faire peur.

— En tout cas, avec moi c'est raté.

— Avec moi aussi, dis-je en cherchant davantage à me convaincre moi-même qu'à persuader mes compagnons. Ils peuvent exercer les pressions qu'ils voudront, le livre m'appartient à moi.

— Et le diamant de lune appartient à celui qui saura le trouver, renchérit Seydou.

J'aperçois Youssouf qui nous fait signe près de la pinasse. Il désigne les Touaregs, puis fait de grands gestes des bras pour nous inviter à revenir près du groupe. Nous nous exécutons sans nous presser, histoire de bien signifier à nos poursuivants que leur présence ne nous impressionne pas.

— Vous avez vu vos djinns ? demande Youssouf une fois que nous sommes parvenus à sa hauteur. On dirait qu'ils vous suivent à la trace. Y a pas à dire, ils tiennent drôlement au bouquin.

— Bien plus que tu penses, laissé-je échapper en regardant les deux spectres par-dessus mon épaule.

— Vraiment ? s'étonne le capitaine.

Seydou me jette un regard qui n'a besoin de s'accompagner d'aucune parole pour exprimer son refus de m'entendre en dire davantage. Je m'empresse donc de monter à bord pour n'avoir pas à m'expliquer. Pressentant que le moment de vérité est proche, Youssouf ne tarde pas à me rejoindre près du moteur après avoir rapidement expédié les formalités de ravitaillement.

— Qu'est-ce qu'il a de particulier, ce livre, Quentin ? demande-t-il. Pourquoi ces deux gaillards s'acharnent-ils à vous poursuivre comme ça ?

J'élude sa question par une autre. J'use à dessein d'un ton soupçonneux :

— Comment ont-ils pu nous retrouver comme ça dans ce village perdu le long du fleuve ?

Youssouf a un geste vague de la main pour exprimer l'insignifiance de mon étonnement.

— Oh, pas besoin de génies pour conclure que nous nous y trouverions, dit-il. Konna est un point fréquent de ravitaillement pour les pinasses qui se rendent à Tombouctou. De plus, la route nationale fait une boucle pour atteindre le village. Inutile de rouler très vite pour arriver ici avant nous et attendre ensuite en espérant trouver un moyen de vous isoler.

— Ils ne font que nous rendre plus prudents, dis-je en caressant le livre à travers mon sac.

— De toute façon, d'ici Niafounké, que nous n'atteindrons pas avant demain soir, il n'y a plus de route qui

111

longe le fleuve. Sans compter que la ville est sur la rive opposée et qu'il n'y a pas de bac pour les voitures. Donc, ils devront prendre une autre route — une mauvaise piste, en fait —, plus éloignée, qui passe par Douentza, et traverser ensuite le Niger à Korioumé. Mais là, c'est déjà Tombouctou.

— Nous y serons avant eux ?

— Sans doute pas. (Il me toise d'un œil facétieux.) Mais rien ne vous empêche de quitter le bord avant Korioumé et de vous rendre à Tombouctou par la route qui longe la rive nord.

Le désert

Ainsi, nous descendons le Niger pendant deux jours encore. Hormis la traversée du lac Debo, immense étendue d'eau où nous perdons les quatre horizons, les rives nord et sud ne s'éloignent guère de nous. Les agglomérations de huttes se succèdent sans particularités, habitées de pêcheurs bozos, d'éleveurs peuls, de paysans songhaïs... Nous croisons encore quelques hippopotames, mais c'est la faune ailée qui continue de me surprendre par sa diversité et sa densité. Peu d'arbres se découpent contre le ciel. La flore semble se limiter à des arbustes, sauf pour quelques acacias et les incontournables baobabs. Le soir, nous bivouaquons sur une plage boueuse, et il nous faut escalader une petite dune afin de trouver un sol suffisamment sec et solide pour nous accueillir. Je pose ma couverture près d'une termitière aussi haute qu'une maison. À en juger par la structure et par tous les autres insectes observés jusqu'à présent, je croyais que les termites seraient énormes. Je suis presque déçu lorsque je brise un pan de l'ouvrage et que je vois sortir de minuscules soldats. Leurs pinces tranchantes agitées en tous sens, les termites parcourent la surface abîmée en s'assurant qu'aucun danger ne menace la colonie, prêts à en découdre avec le premier intrus rencontré sur leur passage. Malgré leur petitesse, je m'assure de demeurer hors de leur portée. Au bout de cinq minutes, rassurés de ne trouver aucun ennemi, ils disparaissent pour laisser place aux femelles ouvrières qui se mettent immédiatement à reboucher le trou que j'ai fait. Demain matin, il ne restera de mon infraction qu'une cicatrice de terre encore un peu humide.

Vers la fin du deuxième jour, à quelques tours d'hélice de Korioumé, Youssouf me glisse :

— Voilà ce que je vous suggère, à toi et à tes compagnons. Descendez sur la rive ici et marchez jusqu'à la piste. Elle se trouve à environ cinq kilomètres au nord. De là, trouvez un taxi-brousse ou un véhicule quelconque pour poursuivre votre route vers Tombouctou. La piste n'est pas très fréquentée, mais il y passe des voitures de temps en temps. En quelques heures, vous atteindrez la ville. Les Touaregs vont vous attendre à

Korioumé ou à Kabara. Vous serez donc amenés à les contourner par l'arrière. Je retarderai mon arrivée à Korioumé demain autant que possible, mais pas trop non plus pour ne pas leur mettre la puce à l'oreille. Le temps qu'ils comprennent que vous avez quitté le bord avant destination, vous serez déjà à Tombouctou.

Sur la berge, pendant une seconde, je ressens un pincement au cœur à laisser ce bon gros nounours de Youssouf derrière nous. Après tout, son aide a été précieuse et désintéressée, son seul dessein : connaître le secret du livre que je transporte. Mais jamais il n'a poussé la curiosité au point de m'embarrasser. Je me sens un peu coupable de ne pas lui en avoir dit plus.

L'extrémité de son chèche fluo bat au vent comme un étendard bon marché. Il a remonté le voile sur son nez pour se préserver du sable que soulève l'harmattan.

— Bonne chance, les garçons, dit-il en me serrant la main. Soyez prudents avec ces manieurs de sabre.

— Ils ne nous auront pas, Youssouf. Merci pour tout.

— Vous saurez où me trouver au retour. Venez me raconter vos aventures. Je ne suis jamais absent de Mopti plus d'une semaine.

Seydou, Ali et moi nous dirigeons ensuite vers la piste sans plus jeter un seul regard au fleuve.

Les multiples boules de fientes séchées d'ânes et de chèvres que nous devons esquiver témoignent d'un secteur peuplé, du moins par les pasteurs. Nous apercevons en effet plusieurs bêtes, certaines avec leur berger, d'autres seules, les pattes entravées au moyen d'une corde. Au bout d'un peu plus d'une heure de marche, sous une chaleur moins accablante puisque le soleil a déjà sérieusement entamé sa descente vers l'horizon, nous atteignons la piste. Des traces de pneus marquent le sable d'une longue cicatrice sinueuse qui court entre les buissons d'épineux et les buttes piquetées de ronciers. Au loin, des dunes chauves annoncent les portes du Sahel et, au-delà, du Sahara.

— Les traces n'ont pas l'air très fraîches, fait remarquer Seydou. J'ai l'impression que les voitures ne passent pas fréquemment. (Il soupire avec force comme pour souligner sa contrariété.) On pourra toujours dormir ici, au pied d'une dune si jamais on doit passer la nuit dans le secteur.

— Pas question! dis-je. On n'a pas assez d'avance sur nos poursuivants pour perdre du temps ici. On va suivre la piste à pied tant que la lumière nous permettra d'y voir suffisamment et nous reprendrons la marche aux premières lueurs de l'aurore. D'après Youssouf, nous sommes à moins de vingt kilomètres de Tombouctou. On peut donc l'atteindre très tôt dans la matinée.

Seydou m'observe une seconde sans vraiment me voir; il semble réfléchir. Il dit quelques mots à Ali qui se met aussitôt à fouiller dans les sacs.

— Tu as raison, admet-il enfin. Ali me dit qu'on a suffisamment de fruits et de noix pour le moment, mais que nos réserves d'eau diminuent. Mieux vaut ne pas traîner dans le secteur et être en mesure de sillonner déjà la ville quand le soleil se mettra à taper sur cette plaine.

Je rattache soigneusement les sangles de mon sac à dos après m'être massé un moment les épaules.

— Ce livre est drôlement lourd à la longue, dis-je, le nez baissé sur les courroies. El Hadj aurait pu écrire dans un petit carnet.

Je relève la tête et aperçois Ali qui a chargé sur son dos le sac de Seydou en plus du sien. Mon ami peul en profite pour attaquer de nouveau.

— Ali est habitué aux tâches de paysan, dit-il, laisse-lui donc ton sac. Il va le tenir sur sa tête et ne sentira pas le centième de ce que tu portes.

Dans un geste de défi, je m'assure du bon ajustement des harnais et passe devant mes deux compagnons sans répondre. Seydou soupire dans mon dos, puis, suivi d'Ali, m'emboîte le pas.

Nous marchons jusqu'à tard dans la soirée puisque aucun véhicule ne croise notre route et que la lune nous permet de voir facilement devant nous. Nous nous arrêtons lorsque les lumières de la ville indiquent que nous n'en sommes plus qu'à deux ou trois kilomètres.

— Puisque, une fois à Tombouctou, nous ne saurons pas exactement où nous diriger, dis-je, mieux vaut bivouaquer ici et poursuivre demain au grand jour.

— *Baasi tè,* acquiesce Seydou, dont la fatigue se lit dans son dos voûté et sur ses traits tirés. D'accord.

Ali non plus ne se fait pas prier lorsqu'il constate que nous restons sur place ; il abandonne aussitôt ses bagages sur le sable. Il regarde Seydou quelques secondes comme s'il attendait une directive quelconque, puis, constatant que le Peul se désintéresse de lui, s'étend à son tour au pied d'un monticule en joignant les mains derrière la nuque.

Recroquevillé sous une couverture que m'a laissée Youssouf, mon sac en guise d'oreiller, j'essaie de trouver le sommeil. Ce soir, contrairement aux autres soirs, je n'y arrive pas. Est-ce dû à la proximité du but ? Aux conséquences incertaines de cette quête ? Aux dangers auxquels nous faisons face plus que jamais ? Rien de tout cela et tout cela en même temps, sans doute. Je pense à maman. Cela m'écœure un peu de l'avouer, mais ici, dans la solitude du bout du monde, épuisé par tous ces jours de fugue, à dormir à la belle étoile à la merci des insectes et des rôdeurs, elle me manque un peu. Un simple réflexe de défense face à l'inconnu ? Parce qu'elle représente la sécurité, la stabilité et le bonheur tout simple ? Dans cette optique, je m'ennuierais aussi de Tobin. Et ça, c'est loin d'être le cas. Maman me manque parce que… parce que je l'aime, voilà. Elle a ses défauts qui m'énervent, elle n'agit pas toujours en ma faveur, mais moi non plus, au fond, je n'agis pas toujours comme elle le souhaite. Dans ma tête, je revois sa façon rigolote de rester décoiffée les samedis matin, de rire toute seule en lisant les bandes dessinées du journal, de m'initier aux plaisirs du café noir ou des fromages qui puent comme des pieds parce que, dit-elle, sans ces connaissances, on n'est rien dans l'univers.

Aux portes de la légendaire Tombouctou, à la poursuite d'un trésor tout aussi mythique, talonné par des tueurs, héritier des dernières volontés d'un vieux marabout, comme je suis loin de toi, maman ! Je n'ai pas l'habitude d'écouter tes recommandations ni de tenir compte de tes réprimandes, mais ce soir, oh oui ! ce soir, j'aimerais bien que tu puisses me guider un peu. Juste un peu. Que devrais-je faire du livre de Rhissa ag Illi el Hadj ?

— Tu crois que nos pères ont envoyé la police pour nous retrouver ? demande tout à coup Seydou, étendu près de moi.

Lui non plus ne parvient pas à dormir. Il a parlé doucement, se hasardant à vérifier si je suis éveillé. Ma première intention est de renâcler en faisant semblant de sommeiller, mais l'envie de connaître ses états d'âme est la plus forte.

— Peut-être le tien, dis-je à mon tour à voix basse, mais pas le mien. J'ai déjà fugué chez moi au Canada pendant quatre jours et, si ça n'avait été de maman, papa n'aurait jamais remarqué que je n'étais plus là. J'avais onze ans.

— Tu as déjà fui ton foyer avant ? Pour aller où ?

— Je m'étais caché chez un copain qui m'apportait de la nourriture en cachette dans sa chambre. J'ai fini par me lasser et je suis retourné à la maison comme si de rien n'était. Et toi ?

Seydou est maintenant soulevé sur un coude, le visage appuyé dans une main. Je le distingue clairement sous l'éclairage crayeux de la lune.

— Oh moi, dit-il, je suis un djinn, un fantôme pour mon père. C'est à croire que je n'existe pas. Quand il me regarde, j'ai l'impression qu'il observe le paysage derrière moi tellement je parais insignifiant à ses yeux. Il n'a d'éloges que pour mon frère aîné. Son attitude déteint sur ma mère, qui ne se soucie pas plus que lui de mes progrès à l'école ou des choses que j'entreprends. Je suis parti, et personne ne le remarquera si mon oncle Husseini ne déclenche pas le bouton panique. C'est pour ça que je préfère mon oncle aux autres membres de ma famille ; il s'inquiète pour moi.

— C'est drôle, dis-je. Tu reproches à ta mère de ne pas s'occuper de toi, et moi je reproche à la mienne de trop s'immiscer dans ma vie. Finalement, des parents, ça ne sait pas trouver le juste milieu.

— Voilà.

Accent tonique en *crescendo*. Je m'étonne de ne pas en être agacé cette fois-ci.

Ali toussote légèrement en se retournant sur sa couche. Nous l'avons peut-être réveillé.

— À demain, Seydou, dis-je en guise d'invite à terminer notre conversation.

Il reste un moment silencieux, le visage tourné vers la lune, la tête toujours appuyée sur sa main. Puis, il s'étend de nouveau sur le sol.

— *I ni su*, me souffle-t-il par réflexe en bambara.

Je rêve de papa. C'est déjà un vieillard, un peu sénile, solitaire et malheureux. Nous lui tournons le dos, maman, mes oncles, mes tantes et moi. Je crois qu'il pleure, mais je ne le regarde plus, je ne l'entends plus. J'observe plutôt maman qui s'est mise à faire la popote comme tous les dimanches après-midi. Du poulet rôti. J'adore le poulet rôti. « Je peux goûter, maman ? » Elle déplace le plat hors de ma portée. « C'est pour moi, dit-elle. Si t'as faim, il reste du riz sauce. » « J'en ai marre du riz sauce, maman. Donne-moi un peu de poulet. » « Je ne suis pas ton esclave. »

Furieux, je me retourne vers papa, mais ne trouve que ses chaussures vides au milieu de la pièce. Une de mes tantes éclate de rire et je lui demande pourquoi d'une façon agressive. « Ben voyons, Quentin, c'est les souliers. Tu trouves pas qu'y sentent le fromage que ta mère veut absolument nous faire goûter ? » Et elle rit de nouveau en s'approchant de moi pour me coller un énorme baiser mouillé sur les lèvres.

Je m'éveille en sursaut. L'odeur est épouvantable et une bouche démesurée m'embrasse avec passion.

— Pouah ! Mais qu'est-ce que… ?

Je bondis sur mes pieds, le cœur battant à tout rompre, le cerveau encore empêtré dans des lambeaux de sommeil. Un long visage me regarde bêtement en mâchouillant.

Un dromadaire !

— *As-salaam aleykoum*, Toubab !

Une tête au dessus de celle de la bête me salue. Un adolescent coiffé d'un chèche bleu.

— Ti veux faire un tour di chameau avec Aziz ? Ji ti fais un bon prix.

— C'est pas vrai !

Encore hébété, je tourne sur moi-même pour examiner les alentours. Le soleil s'est levé avant nous. On ne s'est pas réveillé. Zut ! On s'est couché trop tard… ou trop fatigué.

— Bistouri, ça en être un bon chameau. Ti montes ?

— Mais c'est qui, ce zigoto ?

Le dromadaire se détourne de moi pour brouter dans le feuillage desséché de l'arbuste près duquel j'ai dormi. Le dénommé Aziz m'apparaît alors dans son burnous poussiéreux d'un gris plombé, contrastant avec son sourire large et éblouissant au milieu de son visage noir. Juché sur une selle au pommeau surélevé, il tient fermement les rênes de sa bête, ses jambes sont croisées sur le devant du bât.

— Qu'est-ce que tu nous veux, toi ?

C'est Seydou qui vient de se lever. Son ton indique qu'il n'est pas d'humeur à badiner.

— *As-salaam aleykoum,* répète le chamelier. Bien-vini à Tombouctou, la cité des 333 saints. Ji m'appelle Aziz. Ji suis condicteur di chameau. Ti peux monter aussi avec ton ami toubab si ti veux. Vous séparez li prix en deux.

— Zut ! On est en retard, pas vrai ? me fait remarquer Seydou sans se soucier de l'offre du chamelier. Heureusement qu'on n'est pas loin de la ville.

Il se tourne vers Ali et le réveille en jetant du sable sur lui du bout du pied. Il emploie un ton autoritaire et je remarque la détresse dans les yeux du Rimaîbê. Ce dernier, aussitôt sur pied, rassemble les sacs éparpillés autour de lui.

— Je me demande vraiment ce que ça donne de traîner un serviteur avec nous s'il ne sert pas, maugrée Seydou en se dirigeant vers l'arrière de la dune pour son pipi matinal.

— Ce n'est pas ton serviteur, lui dis-je. Tu ne le paies même pas. C'était autant à toi ou à moi qu'à lui de réveiller les deux autres, ce matin.

Le Peul se retourne vers moi, la braguette ouverte, la main sur la fermeture éclair.

— Oh ! Tu ne vas pas déjà commencer à une heure aussi matinale à me faire ton numéro de petit Blanc outré. Ça va, le prêchi-prêcha ! Cette histoire de servitude entre Ali et moi ne concerne qu'Ali et moi.

— Non, elle me concerne aussi, car tu m'as imposé la présence de ce pauvre diable.

— Comment, « pauvre » diable ? Tu peux me dire à quel moment je l'ai maltraité ? Tu m'as vu le frapper ? L'enchaîner ? Le pousser aux limites de ses forces ?

— Je t'ai vu l'obliger à se sentir inférieur à toi.

— Ah, parce que toi, là, en ce moment même, tu n'essaies pas de m'obliger à me sentir inférieur à toi parce que mes traditions sont différentes des tiennes ?

— Pas du tout !

— Alors, explique-toi, car, vois-tu, je ne suis pas certain de bien comprendre ta façon d'être égal, alors que tu considères que tu as toujours raison parce que tu es Blanc.

— Je n'ai jamais affirmé avoir toujours raison. J'ai…

— Ji vous dimande pardon. Est-ce qui ça veut dire qui vous ni voulez pas faire un tour di chameau ?

Tombouctou

À dos de dromadaire, nous contournons Tombouctou par le nord, ce qui donne l'impression que nous arrivons du désert. Bien camouflé sous ma couverture, je cache ma peau blanche, créant l'illusion d'un Africain anonyme. Derrière moi, Seydou a enroulé un chèche sur sa tête et joue les pachas. Ali marche aux côtés d'Aziz qui, dix pas en avant de l'animal, tient la longe pour le guider. J'ai accepté la balade à dos de dromadaire — ou de chameau, comme dit Aziz qui, comme tous les Maliens, ne semble guère se soucier du nombre de bosses — afin de donner un répit à Ali. Je voulais qu'il monte avec nous sur la selle, mais il a refusé, prétextant qu'à trois nous serions trop nombreux. C'est faux. On aurait pu se tenir serrés, mais je soupçonne le Rimaîbê d'avoir considéré son état de servitude pour décliner l'offre. Au moins, les sacs ont été chargés sur l'animal et Ali peut marcher libre de son lourd bagage.

— On fait quoi, une fois à Tombouctou ? demande Seydou en observant les murs de banco qui se rapprochent.

Les deux mains bien accrochées au pommeau de la selle, je me préoccupe davantage de garder mon équilibre que de ce détail. Pour franchir les bosses et les tertres, le dromadaire marche comme un top-modèle sur son allée, en roulant des hanches. Son train nonchalant nous fait tanguer comme le ferait la pinasse sur un fleuve agité.

— Je crois qu'on devrait commencer par le début, dis-je enfin entre deux coups de roulis, et trouver quelqu'un qui lit l'arabe. Tant qu'on ne connaît pas la teneur exacte du livre — du moins de la partie qui concerne le trésor —, on ne peut pas savoir par où commencer. Tu connais quelqu'un à Tombouctou ?

— Non, c'est la première fois que j'y viens.

Il se penche un peu en se retenant au troussequin, forçant la selle sur notre gauche. Pendant une seconde, j'ai l'impression que l'attelage va lâcher et qu'on va se retrouver dans la poussière.

— Oh, Aziz ! lance-t-il.

— Oui, missié, répond prestement notre guide

en arrêtant son pas pour laisser l'animal arriver à sa hauteur.

— Tu connais quelqu'un à Tombouctou qui lit l'arabe ?

— Oui, missié. Mon maître, missié. Lui parle et lit l'arabe. Lui Touareg.

— Touareg ? fis-je, étonné. Pas question. (Je me tourne vers Seydou.) Trouvons quelqu'un d'autre. Les Touaregs sont peut-être tous acoquinés entre eux.

— Ne sois pas stupide, Quentin, me dit-il. Tombouctou est une ville touareg, c'est normal qu'on y trouve une majorité touareg. Est-ce que tous les Blancs sont acoquinés à Hitler ?

— T'as le don de jouer avec les proportions, dis-je en soupirant avant d'ajouter en me tournant vers Aziz : C'est qui ton maître, Aziz ? Il fait quoi ?

Le chamelier bombe le torse en inspirant bruyamment pour exprimer sa fierté.

— Mon maître, lui, Alkoye Cissé, Toubab. Lui grand marchand touareg. Toutes les marchandises du Sahara, lui vendre partout au Mali.

— Alkoye Cissé, répète Seydou dans mon dos. Où ai-je entendu ce nom ?

— Et il parle arabe, ton maître ?

— Oui, Toubab. Ti verras, ji ni mens pas.

— Alors ? fais-je en me tournant une nouvelle fois vers Seydou. Pourquoi pas ?

Le Peul affiche une expression soucieuse.

— Je ne sais pas, dit-il. Ce nom me dit quelque chose, mais c'est peut-être un simple hasard.

— Tu ne crois tout de même pas que tous les Touaregs sont acoquinés entre eux ?

Et j'éclate de rire un peu fort pour bien souligner ma raillerie. Je fais signe à Aziz afin d'exprimer mon accord et le chamelier repart en gambadant au bout de sa longe.

— *Tombouctou, ville exquise, pure, délicieuse, illustre, cité bénie, plantureuse et animée…*

Je me tourne vers Seydou.

— Qu'est-ce qui te prend ?

— Je me répète seulement ces mots que chantonne souvent oncle Husseini. C'est extrait d'un livre du chroniqueur Abderhaman Sâdi. Il est l'auteur du *Tarikh es-Soudan,* un truc écrit vers 1630.

— Tu m'avais caché que tu étais érudit.

Il ricane.

— Oncle Husseini est venu une fois à Tombouctou quand il était jeune. Ça l'a tant marqué qu'il n'arrête plus de répéter ces mots dès que quelqu'un prononce le nom de la ville.

— Tu l'aimes bien, ton oncle Husseini, pas vrai ?

Seydou fait semblant de n'avoir pas entendu et caresse du plat de la main le flanc du dromadaire. Je n'insiste pas. Je regarde onduler sous les vagues de chaleur les murs terreux de la cité. Comme à Djenné, des constructions carrées aux toits plats, de la poussière, des déchets… Il y a peut-être davantage de poteaux et de câbles électriques, des immeubles de quatre ou cinq étages, des murs en briques crues, des portes plaquées de bronze sculpté, des façades décorées d'arches…

— Architecture influencée par les Maures, précise Seydou.

Comme si j'y connaissais quelque chose, aux Maures ! Comme si cela m'intéressait.

N'empêche que, pour moi, Tombouctou a toujours été un nom irréel, lointain, en distance et en temps. Un endroit qui me paraissait aussi inaccessible que le pôle Nord ou la planète Mars. Un lieu imaginaire que seuls des personnages imaginaires pouvaient atteindre : Indiana Jones, Tintin, Bob Morane… Pas moi. J'ai l'impression d'arriver au bout du monde. Au bout de la réalité.

Après quelques méandres, nous atteignons un vaste champ en périphérie de la ville où broutent une dizaine de dromadaires. Des sacs et des malles s'accumulent près d'un bâtiment, sur le pas d'une porte où s'affairent des ouvriers. Aziz nous invite à descendre, puis à le suivre vers l'entrée de l'édifice. Si dehors le soleil commence à cuire, à l'intérieur il fait frais. Quelques meubles en bois remplissent les pièces un peu grandes et nous croisons des femmes — certaines voilées — qui transportent seaux ou corbeilles sur leur tête. Aziz nous désigne une porte qu'il entrouvre.

— Voilà, c'est ici. Bienvini chi mon maître.

Nous pénétrons dans la pièce avec hésitation, surpris de son caractère austère. Sans fenêtres, il y fait sombre et nos yeux doivent s'habituer un moment. Petit à petit, nous finissons par distinguer sur le sol les coussins servant de sièges, les tapis, les lourdes tentures pendues aux murs et sur lesquelles sont illustrées des scènes de la vie nomade dans le désert.

— Aziz ! Qui m'amènes-tu là ?

L'homme qui vient de parler apparaît tout à coup devant nous comme s'il émergeait du néant. Il est corpulent, vêtu d'un ample boubou indigo. Sur sa tête est enroulé un chèche noir dont un pan descend très bas vers l'arrière. Avec son visage rondouillard, mangé par une imposante barbe noire et frisée, il ressemble à un personnage des mille et une nuits.

— Ci sont di clients qui ji trouvés dans li disert, dit Aziz dans son français flûté. Ji crois qu'ils ont quelqui chose à vous dimander.

— Bien. Merci mon garçon, réplique le gros homme.

Il prend Aziz par les épaules et l'invite à ressortir :

— Va, maintenant. Demande aux servantes de te donner à manger.

Et la porte se referme derrière nous dans un claquement sinistre. La lumière n'est plus diffusée que par une lampe à pétrole qui brûle sur un petit bureau où s'empilent feuilles et chemises dans un désordre imposant.

— Bonjour, mes amis, dit l'homme en nous prenant par les épaules, Seydou et moi, pour nous convier à pénétrer plus loin dans la pièce. Bienvenue dans mon humble commerce. Bienvenue chez Alkoye, le marchand. Je suis toujours honoré de recevoir des hôtes très tôt le matin. Les premiers clients me portent chance pour le reste de la journée. Bienvenue, bienvenue.

Sa voix est ronde comme lui, chaleureuse, mais le timbre un peu trop aigu trahit un léger agacement, difficile à préciser.

— Puis-je vous offrir le thé à la menthe? Je viens justement de demander à mes servantes de le préparer. Ça me fait plaisir. Asseyez-vous sur les coussins, je vous en prie.

— Merci, monsieur, dis-je, un peu impressionné.

Il a prononcé ses derniers mots en lorgnant mon sac comme s'il cherchait à en évaluer le contenu.

— Je suis honoré d'accueillir un Toubab chez moi, dit-il en s'asseyant face à nous, les jambes repliées, avec une souplesse étonnante pour un homme de sa corpulence. Quand je pense que, il y a moins de deux cents ans, on ne permettait pas aux Toubabs de sortir vivants de Tombouctou…

131

Et il éclate d'un rire un peu fort. Je glousse doucement, doutant que la blague soit tout à fait innocente.
S'agit-il d'une mise en garde ? D'une menace ?

— Cela vous surprend, n'est-ce pas ? insiste-t-il en
m'observant intensément. Savez-vous que le premier
Blanc ayant survécu pour raconter son passage dans
notre belle cité est un Français du nom de René Caillé ?

— Je le sais, répond Seydou.

— Eh oui, l'un de vos compatriotes, poursuit le
marchand sans se soucier de mon ami peul et en continuant de me fixer dans les yeux. Il est venu ici en 1828 en
se faisant passer pour un Égyptien du nom d'Abed
Allah. À cette époque, mes ancêtres ne toléraient aucun
chrétien dans la région.

Et il éclate de nouveau de ce rire qui commence à
m'incommoder. Je m'empresse de jouer une petite carte
en ma faveur.

— Je ne suis pas compatriote de ce Caillé, monsieur. Je suis canadien.

— Non, c'est vrai ? s'étonne-t-il en perdant un peu
de l'expression d'antipathie que je relevais dans son
regard. J'ai plein d'amis canadiens. Le Canada est bon
avec le Mali.

— J'aime beaucoup le Mali aussi, monsieur, dis-je
en mentant effrontément.

Je constate alors que ce n'est pas pour lui faire plaisir,
mais pour chercher à dissiper une tension que je ressens

et qui m'effraie un peu. Qui m'effraie. Pour la première fois, je sens le danger autour de moi ; je sens la peur qui en découle : une sensation désagréable qui commence à la hauteur de la nuque et qui étend ses froids tentacules dans tout le tronc.

— Nous sommes venus vous voir, monsieur, commence Seydou en prenant l'initiative de la conversation, parce que nous avons en notre possession un livre en arabe. Aziz nous a affirmé que vous pouviez lire cette langue et traduire pour nous quelques paragraphes.

Les yeux du marchand daignent enfin se poser sur mon ami peul. Sans trop savoir pourquoi, le fait de ne lire aucune surprise dans l'expression de l'homme accroît ma nervosité. À mon tour, je cherche à trouver si le nom d'Alkoye Cissé m'est familier, mais je ne vois rien, ni dans ma mémoire ni dans les propos du marabout, qui soit de nature à nous mettre en garde contre un personnage portant un nom similaire.

— Je serai très heureux de vous rendre ce service, dit le commerçant d'un ton plus grave, une excitation retenue dans la voix. Montrez-moi le… l'objet.

Seydou se tourne vers moi pour m'inviter à m'exécuter. Je retrouve dans son expression incertaine les doutes qui me rongent. Malgré cela, je retire le livre du sac et le tends au marchand tout en observant son expression. Celui-ci me paraît faire d'importants efforts pour masquer son excitation, mais peut-être n'est-ce qu'une fausse impression qui agit en moi comme un miroir déformant. À cause de la pénombre de la pièce.

À cause de ma peur.

— Que voilà une vieille et belle chose ! souffle-t-il d'un ton admiratif. Puis, relevant la tête vers moi :

— D'où la tenez-vous ?

— Je l'ai achetée, monsieur. À un marchand de Djenné.

— Honnêtement, monsieur, se sent obligé d'ajouter Seydou.

— Je vous rachète ce livre, propose le marchand sans même l'ouvrir. Dites-moi votre prix.

— Je n'ai pas envie de le revendre, monsieur, dis-je en me retenant de bondir pour lui reprendre l'objet des mains.

— Dix fois le prix que vous l'avez payé, insiste l'homme. C'est une offre généreuse.

Généreuse, tu parles ! Le secret de ce livre équivaut à cent millions de montres, pas à dix. Et puis, comment le vendre, même si je le voulais, puisque le pauvre Abdoulaye Salam m'a demandé de le rendre au désert ? Oh ! Comment savoir, à la fin ? Comment savoir de quel côté je dois pencher ? Les idées d'un vieil homme agonisant sont-elles déformées par l'approche de la mort ? A-t-il raison ? Si les poèmes de Rhissa ag Illi el Hadj appartenaient désormais aux morts et non plus aux vivants ?

— Peut-être que mon ami Toubabou vous le revendrait, monsieur, si vous nous lisiez les passages qui nous intéressent et que nous jugions par la suite que ce livre est moins intéressant que nous le supposons.

Je me tourne brusquement vers Seydou. Je ne cache pas la colère naissante que je ressens devant sa proposition.

— Pas du tout ! Ce livre m'a été confié par un marabout et je ne peux…

— Confié ? s'étonne Alkoye Cissé. Vous n'avez pas dit que vous l'aviez acheté ?

— Si, je l'ai acheté. Ce que je veux dire, c'est que…

— Tout ça me paraît un peu ambigu, concède l'homme en revenant vers le livre et en daignant enfin l'ouvrir. Je me demande si je ne devrais pas faire enquête sur vous.

— Monsieur, dis-je. Ce livre…

Il me fait taire en levant brusquement une paume vers moi. Il ne daigne pas me regarder, se contentant de lire les caractères arabes sous ses yeux.

Aux sables, je t'ai perdue, ma belle, mon aimée. Aux sables, je mourrai. Quand le Miséricordieux me prendra avec Lui, je te retrouverai. Parfumée comme au premier jour, délicieuse comme le fruit sous la rosée.

Il nous regarde.
— Que voilà un homme amoureux ! s'exclame-t-il.

Il y a une émotion dans la voix du marchand qui me semble aller au-delà du simple témoignage d'amour. Un peu comme chez celui qui retrouve un ami longtemps éloigné.

— C'était un authentique poète, ce Rhissa, conclut-il.

— Rhissa? dis-je. Vous…? Vous connaissez l'origine du… de…

— Alkoye Cissé! s'écrie tout à coup Seydou. Maintenant, je me souviens. Vous êtes le marchand qui a vendu les breloques et la boîte de babioles au revendeur de Djenné. C'est votre nom qu'Amadou a prononcé quand il a parlé d'un important négociant de Tombouctou.

La barbe d'Alkoye s'ouvre comme un grand rideau lorsqu'il étire les joues pour sourire. Il pose délicatement ses deux mains potelées sur les pages jaunies en cambrant le dos pour nous regarder d'un air majestueux.

— Voilà, dit-il. Le mystère s'éclaire pour vous et pour moi. Il s'agit bien du livre que ma caravane a rapporté du désert. La boîte dans laquelle mes employés l'avaient rangé s'est retrouvée par mégarde avec d'autres objets de collection à destination de mes intermédiaires de Djenné. Merci de me l'avoir rapporté.

Je me lève brusquement en m'exclamant :

— Ce livre n'est plus à vous, monsieur Cissé. Si vos employés ont fait une erreur, c'est votre entreprise qui en est responsable. Ce livre a été acheté de façon honnête, il m'appartient.

— Sois calme, Toubab, dit-il sans hausser le ton, mais en perdant son sourire. Ce livre appartient aux descendants d'el Hadj.

— Dans ce cas, je le leur rendrai moi-même.

— Je suis l'arrière-petit-fils de la tante d'un cousin maternel de Zayd, le cousin d'el Hadj.

Je tends la main pour l'inviter à me rendre mon bien :

— Ça fait loin comme lien de parenté !

— Mais c'est plus près que les prétentions d'un Blanc venu d'Amérique, réplique-t-il en ignorant ma main. Maintenant, assieds-toi. Le thé à la menthe arrive.

J'entends la porte s'ouvrir derrière moi et note le rectangle de lumière qui se forme sur le tapis. Deux silhouettes s'y découpent.

— Je me fous de votre thé, je veux mon livre !

— Notre maître t'a dit de t'asseoir, Toubab.

L'ordre a été lancé avec un fort accent tamasheq. Je me retourne brusquement et me trouve face aux deux Touaregs qui nous poursuivent depuis Djenné.

La traduction

Nous voilà assis tous les trois sur de larges coussins, adossés au mur le plus éloigné de la porte. Alkoye Cissé a posé son gros derrière sur une chaise fragile derrière son bureau. Il a déplacé deux ou trois piles de papier afin de pouvoir ouvrir le livre et lire à la lumière de la lampe. Ibrahim et son second, l'air plus détendu, nous jettent de brefs regards à la dérobée sans chercher à se faire pour autant menaçants.

— Vous croyez qu'Aziz vous a trouvés par hasard, ce matin ? nous a dit Alkoye plus tôt. On s'est douté que vous risquiez de quitter la pinasse avant Kabara. Pendant qu'Ibrahim et Boubacar vous attendaient sur les berges du Niger, j'ai envoyé Aziz patrouiller aux alentours de la piste.

— Vous allez faire quoi, maintenant ? ai-je lancé avec un air de défi qui masquait ma peur. Nous tuer ? comme vos hommes ont tué Abdoulaye Salam ?

— Nous n'avons pas tué le marabout, a protesté Ibrahim. Nous l'avons seulement bousculé pendant que nous jetions ses livres par terre. Sa tête a heurté le plancher. C'est un accident.

— Un accident provoqué par vous.

— Mais nous ne lui voulions pas de mal ; seulement lui faire peur.

— Et à nous aussi, vous voulez seulement nous faire peur ? Ou avez-vous l'intention de passer aux actes ?

Quand j'ai lancé cette provocation au visage d'Ibrahim, je me tenais sur la pointe des pieds, cherchant à me trouver à sa hauteur. J'avais les jambes molles, les lèvres froides ; ma voix tremblait de peur, mais je poursuivais sur ma lancée, car cette provocation me faisait oublier que, si je m'écoutais, j'éclaterais en pleurs.

C'est le Touareg qui a reculé ; il a cru que je voulais lui sauter au visage. Cela m'a rassuré et j'ai moins tremblé. Est-ce là le courage dont parlait le marabout ? Connaître la peur, mais agir comme si nous ne la ressentions pas ? Est-ce là la leçon qu'il désirait que je tire de mes actes ?

Maintenant que nous sommes calmés, on nous offre un verre de thé aussi noir qu'un café et qu'on a sucré à l'extrême pour en masquer l'amertume. Des feuilles de menthe y baignent, créant un velouté étrange. Alkoye Cissé, derrière son bureau, prend le temps de feuilleter le livre en parcourant chaque page en diagonale. Au bout de trois quarts d'heure, il daigne enfin relever le nez. Son expression est soucieuse, presque désappointée.

— Vous connaissez la légende reliée à ce recueil, n'est-ce pas ? demande-t-il.

— Le marabout nous l'a racontée, dis-je après un moment de silence, mais nous ne savons pas tout.

— Seule la dernière page contient des indications se rapportant au diamant de lune.

— De ça, nous sommes au courant, rétorque Seydou en prenant un air fanfaron qui sonne faux. C'est pour traduire cette page que nous sommes venus vous consulter.

— Je vais vous la traduire, riposte aussitôt le marchand, saisissant la balle au bond… Je vais vous la traduire ; ensuite, pour payer votre dette d'honneur, en échange de bons procédés, vous me laisserez le livre. Je vous permettrai de quitter mon domaine sains et saufs et vous renoncerez à reprendre ce bien qui s'est retrouvé entre vos mains de façon légale, je l'avoue, mais par erreur.

Ces mots soulèvent un vrai maelström en moi. Je ne peux accepter une offre qui m'ôte le livre et m'empêche de poursuivre l'exécution des dernières volontés d'Abdoulaye Salam. Si je laisse l'héritage d'el Hadj aux mains de Cissé, il ne sera pas rendu au désert. Il se retrouvera dans une collection privée, dans un musée, susceptible d'être vu, touché, lu par des centaines, voire des milliers de personnes. Est-ce cela la volonté d'el Hadj ? Peut-être, oui. Peut-être souhaitait-il que son amour pour la belle Aminata transcende les siècles et que la poésie issue de son chagrin survive pour l'éternité. Mais peut-être aussi n'écrivait-il que pour lancer à sa bien-aimée des appels muets, pour pleurer en larmes d'encre son amour dépossédé. Comment, dès lors, comment savoir ce qu'il est préférable de faire ?

— Nous acceptons ce marché, dit Seydou en constatant que je ne réponds pas.

— Toubab ? lance Alkoye Cissé en me fixant. Tu as entendu ton ami ? Tu es d'accord ?

Seydou me regarde en roulant de gros yeux pour me convaincre d'accepter. Ali, qui ne comprend rien à notre discussion en français, se contente de garder la tête basse. Comme je n'ai plus de balises pour me permettre de faire un choix, je me range à l'avis de mon ami peul.

— Allez-y, dis-je comme on abdique.

— Bien, fait Cissé en redressant les épaules. Voilà une sage décision. Alors, voici ce que dit ici notre poète.

Il toussote puis pointe l'index sur la page pour bien indiquer qu'il traduit précisément chaque mot qu'il lit.

Je suis l'homme à la fois le plus riche et le plus malheureux
du monde. Mais qui a besoin de posséder tout sans celle

qui représente tout ? Ce qui m'a rendu riche, je le remets
entre les mains de la fille du Prophète comme on rend un
bien emprunté. Tout ce que j'attends encore, c'est que Le
Miséricordieux daigne enfin me prendre avec Lui et
m'emmène en Ses jardins où m'attend la mariée de lune.

Le marchand se tait en gardant un moment son regard sur le livre dans une attitude de fausse solennité, puis relève la tête pour nous observer.

— C'est tout ? demande Seydou. Rien sur le diamant de lune ? Il ne l'a pas trouvé ?

— Il dit qu'il est l'homme le plus riche du monde, corrige Cissé.

— Mais, il… il ne dit pas s'il l'a revendu, s'il l'a donné ou… ? Il ne dit rien du tout sur le diamant ?

— Si. Il dit « *Ce qui m'a rendu riche…* », ça c'est le diamant.

— Mais…

— *Je le remets entre les mains de la fille du Prophète…*, ça, par contre…

Cissé pousse un soupir bruyant en se redressant, les deux mains posées à plat sur le bureau.

— J'ai rempli ma part du contrat, dit-il. Que les propos d'el Hadj soient obscurs, je n'y peux pas grand-chose, que le diamant reste à jamais inaccessible, encore moins. À vous maintenant de respecter notre pacte…

Il nous jette un regard presque méprisant.

143

— … et foutez-moi le camp !

— Espèce de…

— Ça va, Seydou, on y va.

Je me lève en agrippant le bras de mon ami peul. Il maugrée en continuant de fixer le regard méchant du marchand, mais il se laisse conduire. La lumière du jour nous éblouit un moment lorsque j'ouvre la porte. En la refermant derrière nous, j'entends les deux gardes touaregs éclater de rire à l'intérieur.

— Le salaud ! gémit Seydou. Il… il nous a pris le livre et nous, nous on reste avec rien.

— Ça va ! C'est toi qui as insisté pour qu'on accepte ce marché. On a joué et on a perdu. Maintenant, viens !

Et nous sortons tous les trois sous la violence du soleil africain. Pendant au moins une demi-heure, nous n'échangeons plus un mot, musardant dans les ruelles de Tombouctou, dépités, aigris, nous reprochant mutuellement en silence l'échec de notre quête. Moi, ce qui me déprime surtout, c'est de penser que j'ai pu trahir la mémoire d'Abdoulaye Salam. Je me réconforte en songeant que, si j'avais refusé l'offre de Cissé, nous serions morts en ce moment. Tout comme le marabout. Ça m'aurait avancé à quoi ? Je suis en train de me reprocher de n'avoir pas respecté une promesse que je n'ai pas vraiment faite.

— T'as des jetons ? me demande tout à coup Seydou.

— Des quoi?

— Des jetons. De la monnaie, quoi. Je veux une sucrerie. Un coca-cola.

Il désigne vaguement de la main un petit café dont la terrasse empiète sur la rue. Un abri fait de chaume jette sur les tables une ombre invitante.

Je fouille dans mes poches et en retire un billet de mille francs.

— Tu n'as plus d'argent?

— Si, mais rien que des billets de cinq et dix mille. Ces bouis-bouis n'ont pas la monnaie. Arrêtons-nous un peu.

J'acquiesce à son idée et nous ressentons avec soulagement la fraîcheur relative de l'abri. Ali, comme à son habitude, s'assied un peu en retrait. Cette fois, bien décidé à faire valoir mes idées d'égalité entre les humains, j'insiste pour qu'il place sa chaise à notre table. Seydou, cherchant à nous éviter une contrariété supplémentaire, ne m'oppose qu'une résistance symbolique, sans conviction. Ali refuse d'abord de répondre à mes invites muettes lui signifiant de rapprocher sa chaise de notre table. Devant mon insistance et l'apparente indifférence de Seydou, il se décide enfin. Malgré cela, comme pour éviter de marquer un rapprochement trop évident qui le mettrait mal à l'aise, il conserve sa bouteille de Sprite sur ses genoux. Entre deux gorgées, je demande à Seydou :

— Ali a saisi ce qui s'est passé ce matin ?

Le Peul répond en esquissant une moue évasive.

— Pas vraiment. Il ne doit pas comprendre pourquoi on repart sans le livre, sans rien. Il doit penser qu'on a échappé à leur poigne par pure générosité de leur part.

— Tu devrais lui traduire un peu nos échanges, non ? Il va penser qu'on est des lâches !

Sans enthousiasme particulier, Seydou entreprend de relater à Ali les détails de notre équipée depuis le matin. D'abord d'une écoute polie, notre ami semble s'intéresser de plus en plus à ce qu'il entend. Bientôt, je dénote même une certaine exaltation dans ses répliques et dans l'intérêt qu'il met au récit. Les questions et les réponses qu'il échange avec Seydou finissent par exciter également ce dernier, et les voilà tous deux qui s'engagent tout à coup dans une conversation animée et passionnée.

Enfin, dans un grand éclat de rire, ils bondissent sur leurs pieds et se jettent dans les bras l'un de l'autre. Heureux malgré ma confusion de voir que leur relation ne se limite plus à de froids échanges de maître à esclave, je m'étonne :

— Mais… mais qu'est-ce qui vous arrive ?

— Ça alors, oui, ce serait vraiment extraordinaire, laisse échapper Seydou en français, mais tout en continuant de regarder Ali. Vraiment !

— Quoi ? Qu'est-ce qui serait extraordinaire ?

Il se tourne vers moi en plaçant les mains sur mes épaules. Il se mord un moment la lèvre inférieure comme pour retenir son excitation.

— Quentin, dit-il, Ali sait où trouver le diamant de lune !

Le Gourma

Nous sommes coincés tous les trois sur la banquette arrière crevassée d'une bagnole hors d'âge. Seydou est assis entre Ali et moi. Nous parcourons la piste torturée qui pénètre la Macina, la plaine humide bordant le Niger. Nous avons engagé un chauffeur de taxi privé qui a accepté de nous véhiculer de Tombouctou jusqu'au mont Hombori, sur la rive sud du fleuve. Un périple de 200 kilomètres le long des marais qui bordent le désert du Gourma puis de 150 kilomètres sur la route nationale de Douentza au village d'Hombori. En constatant combien Seydou s'apprêtait à offrir au chauffeur de la vieille Nissan, j'ai dit :

— T'es pas fou ? On n'aura plus un sou en poche,

après. Plus un jeton pour revenir à Djenné. Déjà qu'il nous a fallu acheter une pelle et des piolets…

— Tu veux revenir chez ton père?

— Bien sûr, ai-je fait, pressentant que la vie d'aventure, quoique excitante, finirait par me peser. Je veux aussi un jour retourner au Canada, revoir mes amis, ma… ma mère.

— Qu'importe alors? m'a répliqué Seydou. Tu seras riche à Hombori. Tu pourras revenir à Djenné, partir au Canada, revenir ici comme bon te semblera. Tu comprends? On va être riches!

Et Seydou de bondir dans les bras d'Ali trop heureux d'esquisser à nouveau quelques pas de danse avec son maître. Le chauffeur de taxi, un petit homme édenté, courbé comme une vieille grand-maman, a souri devant l'enthousiasme de mes amis. Pour lui, c'est certain, des clients riches aussi joyeux, ça donne de bons pourboires.

Et c'est ainsi que maintenant nous voyons défiler, sur notre droite, des paysages fascinants de nappes d'eau peu profonde, envahies de jonchères, de roseaux et peuplées de myriades d'oiseaux, et sur notre gauche, à quelques kilomètres seulement, l'étendue sèche et stérile du désert du Gourma. À la hauteur du lac Garou, nous surprenons une famille d'hippopotames qui s'ébrouent dans une mare vaseuse, au milieu des pique-bœufs, ces passereaux qui les débarrassent de leurs parasites. Partout, des paysans, certains ont à peine notre âge, d'autres encore plus jeunes, tous penchés sur leur bêche ou tirant des filets à poissons. Partout, la pauvreté, le dénuement, le travail, la quête constante du prochain repas. Mais partout aussi, le sourire, le plaisir d'être ensemble, avec les siens, en famille ; le simple bonheur d'être là et de vivre. Une question me vient, mais je m'empresse de la repousser, car la réponse m'effraie un peu : pourquoi est-ce que je refuse d'être heureux quand j'ai ma mère qui m'aime (à sa manière), mon père qui m'aime (à sa manière), une certaine liberté d'aller et venir, la nourriture chaque jour à satiété, un lit douillet, une maison chauffée, des disques, un ordinateur, des soins de santé ? Qu'est-ce qui me manque pour me sentir bien ? Une bêche pour retourner la terre ? Une chèvre pour tirer mon lait ? Ou manque-t-il simplement un peu de recul à mon orgueil pour que j'estime tout ce que je possède et dont je ne profite pas ?

Étrange. En observant au loin un bébé hippopotame, je me reconnais soudain. La gueule ouverte, ses petites dents d'ivoire luisant au soleil, il appelle sa mère en longs cris désespérés. Il ne la voit pas tandis qu'elle arrive derrière lui en une imposante masse grise à moitié immergée. Quand il l'aperçoit enfin, il nage en s'ébattant avec énergie dans le seul but de se rapprocher d'elle plus vite. Je sursaute presque en sentant les larmes couler sur mes joues. Je me hâte de les essuyer du plat de la main avant que mes compagnons ne s'en aperçoivent.

Je dois être fatigué. Les nuits de bivouac à ne dormir qu'à demi commencent à se faire sentir.

Je suis arraché à mes rêveries par la voix d'Ali qui, d'un ton devenu beaucoup plus assuré depuis notre départ de Tombouctou, relate une anecdote à Seydou. Ce dernier l'écoute avec attention, respectant désormais les témoignages du Rimaîbê. Lorsque Ali se tait pour fixer de nouveau le paysage à l'extérieur, je m'adresse à Seydou :

— Tu sais quoi ?

— Quoi ?

— Tu devrais libérer Ali de son engagement à te servir lorsque nous reviendrons d'Hombori.

— L'affranchir ?

— Oui. Ce sera grâce à lui si nous retrouvons le diamant de lune ; tu lui dois bien ça.

— Je ne peux pas l'affranchir, dit Seydou, il n'est pas ma propriété. Ce n'est pas comme en Amérique à l'époque de l'esclavage. C'est parce qu'il est rimaîbê qu'Ali est esclave des Peuls. Il restera toujours un Rimaîbê ; je n'y peux rien.

Je laisse échapper un soupir. Il y a tant de choses encore que je ne saisis pas bien dans les relations entre les peuples. Les jeux de maîtres et esclaves me paraissent aussi inconcevables que le fait qu'un Saguenéen, par exemple, puisse être soumis à un Nord-Côtier ou à un Gaspésien, uniquement parce qu'il est né au Lac-Saint-Jean.

— Enfin, dis-je un peu à court d'arguments, fais-lui savoir que tu es très content de lui et que, si tu en avais l'autorité, tu l'affranchirais.

— Je ne sais pas ce qu'il penserait d'une telle… originalité.

— Vas-y.

Seydou me regarde encore quelques instants puis se détourne pour s'adresser à Ali. À mesure qu'il parle, je vois les yeux du Rimaîbê se brouiller sous un voile humide puis ses joues se couvrir de larmes. Je regrette aussitôt d'avoir insisté une fois de plus pour imposer mes idées. Quand Seydou me regarde à nouveau, je note que lui aussi retient ses larmes :

— Ali dit…, commence-t-il. Ali répète qu'il est déjà fier de servir une ethnie aussi grande que celle des Peuls, mais qu'il est encore plus fier de savoir qu'il a su servir son maître si bien. Il dit… que c'est le plus beau jour de sa vie.

Devoir et sens des responsabilités. Ça aussi, ce sont des manifestations d'orgueil.

Mais comme elles s'orientent vers le bien-être des autres, je songe qu'il me faudrait peut-être canaliser ma propre fierté sur cette voie. Ainsi, tout en étant fier de ce que j'accomplirai, j'en ferai profiter mes proches.

Et nous restons là tous les trois, fixant la Macina qui défile autour de nous, les yeux humides, les joues barbouillées par les minces filets de larmes que nous n'avons pas réussi à contenir. Je ne savais pas que les aventuriers pouvaient pleurer. Je me demande si Tintin et Indiana Jones ont pleuré aussi, parfois.

Ce qui m'a rendu riche, je le remets entre les mains de la fille du Prophète…

— Le diamant de lune entre les mains de Fatima, la fille du prophète Mahomet.

Quand Seydou m'a exposé cette interprétation du poème, je n'ai pas trouvé là de quoi me réjouir. Pour moi, le texte demeurait tout aussi obscur, aussi peu révélateur que les prénoms des personnages cités.

— C'est qu'il existe dans le désert du Gourma, m'a appris le Peul, une formation géologique qui ressemble à une main. Elle se trouve tout à côté du mont Hombori, la plus haute élévation du Mali. Cette structure de grès a été baptisée la « Main de Fatima ».

— Et ?

Seydou m'a fixé de ses yeux arrondis en reculant d'un pas, comme si je l'avais frappé.

— Quoi, « et » ? C'est évident, non ? Pris comme tel, le poème ne signifie rien du tout, mais si tu lis entre les lignes…

— Comme interpréter « ce qui m'a rendu riche » par « diamant de lune ».

— Voilà.

Encore ce « voilà » en crescendo, qui ressemble cette fois-ci à « il est temps que tu comprennes ».

— Donc, dis-je, l'interprétation d'Ali est : *Le diamant de lune, je l'ai caché quelque part sur la formation rocheuse appelée « Main de Fatima »*.

— N'est-ce pas formidable ? Je suis certain que même Alkoye Cissé, qui se croit supérieur à tous, n'a pas fait le lien.

— Ce n'est pas impossible.

— Quoi ? Qu'il ait fait le lien ou qu'il n'ait pas fait le lien ?

— Que l'interprétation du poème soit la bonne.

— Comment ça ? Mais c'est sûr que c'est la bonne ! T'es toujours négatif comme ça, toi ? Au Canada aussi ? Je comprends ta mère de t'avoir exilé sur un autre continent.

Nous atteignons Douentza et la jonction avec la route nationale à la fin de la journée. Notre vieux chauffeur est exténué d'avoir eu à parcourir la piste défoncée de la Macina et, à partir de Bambara-Maoundé, la route encore plus mauvaise du Gourma. Nous choisissons donc de faire halte pour la nuit. Nous nous restaurons des quelques fruits et barres de céréales qui ont chauffé dans nos sacs et dormons sur le toit en terrasse d'une auberge miteuse dont le propriétaire nous a pris en pitié. Au matin, sa femme nous monte du pain chaud qu'elle tire tout droit d'un four extérieur installé près de sa maison. Encore là, je me sens déboussolé d'observer ces gens qui ne disposent d'à peu près rien, mais qui ne cessent d'offrir aux autres le peu qu'ils possèdent.

Notre chauffeur, un peu plus courbé que la veille, nous accueille néanmoins avec bonne humeur. Nous reprenons nos places à l'arrière de la Nissan, et la pauvre bagnole s'ébranle en toussotant comme une vieille joggeuse qui fume. La portion de route qu'il nous reste maintenant à parcourir sera beaucoup moins difficile. Entre 140 et 150 kilomètres de bitume sur un terrain plat comme une assiette. La route nationale qui traverse le pays d'est en ouest est une réalisation conjointe du Mali et de la France, nous apprend le chauffeur. Il me remercie pour ce cadeau de mon pays. Quand je lui apprends que je suis canadien et non français, il s'enthousiasme davantage en me souhaitant une bienvenue longue comme la route menant à Tombouctou.

— J'ai beaucoup d'amis au Canada, précise-t-il.

Ce qui me permet de conclure que, à ce rythme, tous les Canadiens ont en moyenne deux ou trois connaissances au Mali.

La plaine que nous traversons n'est qu'une étendue de sable ocre martelée de soleil. Des euphorbes, ronces et autres arbustes s'efforcent ci et là de peindre quelques points de verdure, mais le sol semble avoir abandonné la lutte contre l'astre fou. L'harmattan, tout aussi entêté et violent, masque les horizons en soulevant des rideaux de sable brûlant. Dès la fin de la matinée et jusqu'à tard dans l'après-midi, les paysans, les animaux, les oiseaux même, disparaissent pour chercher refuge à l'abri des éléments. Il faut boire constamment pour ne pas se déshydrater. C'est l'exercice que je trouve le plus difficile. Quand la soif se fait sentir, c'est qu'il est déjà trop tard. C'est déjà que notre corps manque de l'eau nécessaire au bon fonctionnement de l'organisme. J'ai toujours entre les mains une gourde pleine que je porte régulièrement à mes lèvres. Si je prends l'eau puisée à un puits, je dois m'assurer d'abord d'y laisser agir des comprimés d'iode pour en détruire les bactéries, ou de la faire bouillir, ce qui n'est guère possible. Somme toute, l'environnement africain est aussi cruel et dangereux que celui d'où je viens. Ici, c'est la fournaise du ciel qui joue le rôle dévolu à nos froids polaires. Ici, vivre en plein air sans les mesures de protection adéquates équivaut également à la mort.

— Hombori!

Ali pointe le doigt vers l'avant. Seydou et moi étirons un peu le cou, mais n'apercevons rien que la route qui ondule sous les vagues de chaleur et une plaine blonde qui se dilue à l'horizon dans la lumière violente du ciel.

— Je ne vois rien, dis-je.

— Ah, si ! Là ! dit Seydou en pointant à son tour l'index vers l'avant. Vois ces formations où se perd la route.

Je regarde avec insistance puis distingue enfin des éminences qui se découpent brusquement en petites silhouettes bleutées sur la ligne plane du désert. Celle que nous voyons à droite de la route est rectangulaire, moins haute, mais plus éloignée ; cela se perçoit à sa couleur délavée. Celle de gauche est plus effilée, se découpe en deux parties et ressemble… à une main. La tranche la plus large, au sommet constitué de paliers de différentes hauteurs, s'apparente aux quatre doigts : index, majeur, annulaire et auriculaire ; la partie plus étroite et moins haute qui se détache un peu de l'ensemble correspond au pouce.

— La Main de Fatima ! laisse échapper Seydou du bout des lèvres.

Je me sens à mon tour gagné par l'excitation. Cette formation géologique qui apparaît comme ça sans crier gare sur un terrain autrement plat, a de quoi surprendre et éblouir. Penser que deux générations auparavant, Rhissa ag Illi el Hadj a admiré la même pierre, s'est étonné de la même fantaisie de la nature, s'est senti remué au point d'y confier son trésor… Penser que ce personnage de légende, ce poète fou, cet amoureux brisé, a ressenti le même trouble que moi me bouleverse. Lorsque la voiture atteint le pied de l'élévation, je saute à l'extérieur comme un gamin qui arrive au parc d'attractions.

Dans le ciel intensément lumineux, la Main de Fatima nous domine de son imposante façade de grès. Immobile et solennelle, elle semble attendre, pour l'attraper au passage, un nuage solitaire, une étoile filante… une pierre de lune.

— Nous sommes riches! s'exclame encore Seydou en donnant une vigoureuse tape dans le dos d'Ali qui jubile tout autant.

— Attendons tout de même d'avoir retrouvé le trésor avant de nous réjouir, dis-je d'un ton plus calme et en chuchotant pour éviter que le chauffeur n'entende.

— Mais oui, Quentin, mais oui, dit le Peul en hochant la tête devant mon manque d'enthousiasme.

Il se dirige ensuite vers notre conducteur et lui remet la somme entendue au départ, c'est-à-dire la totalité de l'argent qui nous reste.

— Vous pouvez maintenant repartir et merci pour tout.

— Si vous avez besoin de ravitaillement, il y a le village d'Hombori, tout près, là-bas, dit l'homme en indiquant d'un geste vague la direction d'autres élévations plus éloignées. Bonne escalade!

Il me salue à mon tour en me serrant le bout des doigts puis réintègre sa guimbarde en murmurant : « Ah, ces sportifs! »

Je replace mon sac à dos sur mes épaules et me désole en pensant que, s'il est maintenant si léger, c'est que j'ai laissé le livre aux mains d'Alkoye Cissé. Je rejoins Ali et l'aide à boucler les sangles des deux sacs qu'il s'entête encore à vouloir porter. Derrière lui, Seydou s'assure que les fermetures éclair des divers compartiments sont bien remontées.

— Il nous reste pour environ deux jours de nourriture, dit-il après avoir brièvement calculé dans sa tête la teneur de notre inventaire. Pour l'eau, il nous faudra économiser un peu ; je parle surtout pour toi, Quentin.

— Je n'ai pas votre capacité de résistance à la soif, moi, dis-je. Je ne suis pas habitué à votre climat.

— Tu t'y feras. Enfin, tout dépendra de l'effort que nous aurons à mettre pour trouver le diamant de lune. Plus il nous faudra creuser, plus nous nous dépenserons…

Il ne finit pas sa phrase, laissant planer la menace évidente.

Je lève encore les yeux pour observer la Main de Fatima. L'ensemble me paraît immense, démesuré, inaccessible ; le projet, disproportionné par rapport à nos moyens. Le doute s'installe sérieusement en moi et l'angoisse m'étreint en songeant que nous avons joué à quitte ou double. Si nous ne retrouvons pas le trésor convoité, nous n'avons plus les moyens de retourner chez nous. Il nous faudra nous humilier pour demander de l'aide, appeler nos parents, nous faire ramener à la maison. Sinon, c'est la mort qui nous attend. Une mort horrible causée par des brûlures dévorantes et par la déshydratation.

— Nous pourrions commencer par explorer la face est, propose Seydou. À cette heure-ci, nous serons à l'ombre. Si nous ne trouvons rien, demain matin, nous commencerons par la face ouest.

Nous entreprenons donc l'escalade. Au cours des siècles, des pierres de dimensions diverses ont roulé, parsemant la pente d'irrégularités et de saillies. À proximité du mur de grès sur lequel nous nous trouvons maintenant, la main ne se distingue plus. Il n'y a plus qu'une masse informe, dure et hostile, qui nous domine de toute son ampleur. Plus rien à voir avec les lignes délicates de la paume d'une jeune fille.

C'est Seydou qui donne le premier coup de piolet signalant le début des fouilles. Il a trouvé un tertre esseulé trahissant peut-être une lointaine manifestation humaine. À défaut de savoir où creuser, pourquoi ne pas commencer là. Je scrute le sol caillouteux et les rebords pierreux, les saillies sablonneuses et les interstices du roc. Je me résigne à donner ici et là quelques coups de piolet sans conviction, persuadé de ne trouver aucun indice particulier attestant le passage d'un poète éploré. Autour de moi, Ali y va avec un peu plus d'ardeur, attaquant le moindre mamelon de sa pelle effilée. Nous parcourons ainsi toute la base de l'élévation, torturant ses aspérités, grattant ses gales rocheuses, déplaçant les pierres que nos jeunes muscles parviennent à ébranler. Les heures passent au rythme de nos ahans, de nos soupirs, de nos jurons parfois, et des chocs du métal contre le grès.

Le soleil est maintenant suffisamment bas à l'horizon pour que l'ombre de la Main de Fatima s'étire dans la direction du village d'Hombori. Je m'attarde à l'admirer un instant tandis que je reprends mon souffle. C'est alors que je remarque les trois silhouettes qui se dirigent vers nous.

— Oh ! On a de la visite ! dis-je en m'adressant à mes deux compagnons.

Ceux-ci interrompent leur piochage pour s'intéresser aux inconnus qui gravissent lentement la pente dans notre direction.

— On dirait des enfants, fait remarquer Seydou.

La distance s'amenuisant, nous finissons par constater qu'il s'agit de trois gamins, guère âgés de plus de dix ans, qui approchent, un paquet sur la tête.

— Ce sont des Dogons, affirme mon ami peul. Une ethnie qui peuple surtout la région du Bandiagara. La pauvreté pousse les jeunes à quitter leurs parents pour venir travailler dans les lieux plus fréquentés. Ils tirent leur subsistance de petites combines, de petits commerces…

— Qu'est-ce qu'ils nous veulent, tu crois ?

— Ils viennent nous vendre de l'eau. Vois ce qu'ils portent sur leur tête, ce sont des outres faites de peaux de chèvres. Elles sont remplies. C'est leur commerce. Ils ont dû nous apercevoir depuis la route en bas et penser que nous étions des clients potentiels.

— Pauvres bouts de chou ! Ça doit peser une tonne, ces trucs pleins d'eau ! Et ils montent jusqu'à nous.

— Ça, y a pas à dire, corrobore Seydou, ça doit drôlement peser.

Les trois enfants parviennent à notre hauteur et, sans un mot, nous observent de leurs grands yeux absents. Le plus jeune ne doit pas avoir plus de six ou sept ans. Ils sont minuscules et le paraissent davantage, courbés qu'ils sont sous le poids des outres noires posées sur leur tête et sanglées sur leur front. Des fuites mouillent leur visage, leur cou, et s'écoulent sur leurs vêtements en lambeaux. La moindre parcelle de peau exposée est barbouillée de saleté. Leurs pieds nus s'accrochent au grès dur et coupant de la Main de Fatima. Une fine sueur perle à la racine de leurs cheveux tandis qu'ils soufflent bruyamment. Ils n'émettent pas un mot, ne formulent aucune demande, se contentent de nous observer, attendant que l'un de nous veuille bien leur adresser la parole.

— Et nous qui n'avons plus un seul jeton, dis-je désolé de la peine qu'ils se sont donnée pour nous rejoindre. Seydou, dis-leur de ne pas perdre leur temps avec nous.

Le Peul adresse quelques phrases à la fillette qui semble être l'aînée du groupe, mais elle le regarde sans réagir. Il insiste avec d'autres mots — dans une autre langue sans doute —, mais elle continue de le fixer comme si elle ne se sentait pas concernée.

— Ils ne comprennent rien, finit par admettre Seydou. Ni songhaï ni peul ni bambara. Ils ne parlent sans doute que le dogon. Je ne connais pas cette langue.

Il se tourne vers Ali et lui pose une question dans leur langue commune. Le Rimaîbê hoche la tête de gauche à droite.

— Leur eau est bienvenue, cependant, dit Seydou. On n'aurait pas quelque chose à troquer en échange?

— On a des barres de céréales, dis-je.

— Mieux vaudrait les garder pour nous, tu ne crois pas? Déjà que nous sommes restreints dans notre ravitaillement.

— Dépenaillés comme ils sont, même ta vieille chemise est intéressante pour eux.

— T'as raison, dit Seydou. Le jour, je n'en ai pas besoin et, la nuit, j'ai la couverture. Demain, quand je serai riche, je m'en achèterai tout plein.

Et mon ami peul, après avoir fait comprendre par gestes qu'il désirait troquer sa chemise contre de l'eau, réussit à nous en obtenir trois gourdes bien pleines. Je m'empresse d'ajouter une pastille d'iode dans la mienne pour rendre l'eau potable. Les enfants repartent, la fillette revêtue d'une chemise sale, mais beaucoup moins trouée que la précédente.

Comme toutes les brunantes africaines, celle-ci nous surprend brusquement en plein travail. Un quart d'heure suffit pour qu'on passe d'une lumière adéquate à une pénombre qui nous empêche de voir où portent nos coups de piolet. D'un commun accord, nous cessons le travail pour nous restaurer un peu.

Assis sur la pierraille, le dos appuyé contre une roche aux contours adoucis, j'observe la silhouette souple d'Ali qui dévale la pente en direction de la route. Il a parlé de chasser le margouillat afin de ménager nos provisions. Personnellement, je préférerais mourir de faim.

— C'est plus difficile que je pensais, avoue tout à coup Seydou, qui est assis à côté de moi.

Il rêve tout haut entre deux bouchées, les yeux dans le vague.

— Comment repérer un point précis camouflé depuis deux générations sans indices de départ? poursuit-il.

— Ce qu'il nous faut, dis-je en massant mes mains couvertes d'ampoules, c'est nous mettre dans les babouches d'el Hadj. Qu'aurions-nous fait à sa place? Où cacher, comment cacher une pierre dans un lieu comme celui-ci?

— Selon toi ?

— Il n'a peut-être pas creusé. Il a peut-être simplement posé le diamant dans une anfractuosité qu'il a ensuite colmatée avec du gravier ou de la terre.

— T'as vu le nombre de cavités susceptibles de recevoir le diamant ? Il y en a des milliers ! Comment déterminer la bonne ?

— Justement, oublie les cavités. Celle d'el Hadj est obturée. Il faut repérer une veine, une cicatrice qui peut trahir que, des années auparavant, on trouvait là une poche.

— Ce n'est pas plus facile.

— Non, mais c'est la voie à suivre, celle qui nous mènera au trésor.

— Au trésor, répète Seydou à mi-voix en noyant de nouveau son regard dans le lointain. Oui, le trésor qui nous rendra riches et célèbres ; le trésor qui mettra le monde à nos pieds. Le trésor qui rendra nos pères fiers de nous, ajoute-t-il après avoir hésité une seconde.

— Seydou ! Seydou !

Dans un synchronisme étonnant, nous nous levons pour accueillir Ali qui arrive au pas de course. Il halète bruyamment, essoufflé d'avoir remonté la pente aussi vite. Il s'adresse au Peul dans un débit rapide et agite les bras en désignant le bas de la déclivité.

— Par Allah ! jure tout à coup Seydou. Tous les djinns sont contre nous.

— Quoi? Qu'est-ce qu'il y a? dis-je un peu fort, agacé de ne jamais pouvoir suivre les conversations en peul et en bambara.

— C'est le gros Cissé, dit Seydou. Ali vient de l'apercevoir au bord de la route avec ses sbires. Ils ont installé un campement pour la nuit.

La paroi

Quand je m'éveille, le soleil n'est pas encore levé. L'aube allume à peine ses premières couleurs et plusieurs étoiles brasillent toujours dans le ciel violet. Un mince croissant de lune s'éloigne avec peine des falaises d'Hombori, serpe de lumière dans le champ céleste.

J'ai le dos meurtri d'avoir dormi sur le sol pierreux. La tête me tourne un peu faute d'eau, mais faute de sommeil aussi. Je me suis endormi très tard et me suis éveillé souvent. Mes ampoules aux mains se sont ouvertes. De la saleté s'y est infiltrée et les rend douloureuses. Dans mon bagage, je n'ai ni pommade ni pansement adhésif. Je prends un bandeau qui servait à tenir mes cheveux en place et l'enroule autour de ma paume.

Près de moi, Seydou renâcle un peu, la bouche ouverte, recroquevillé sous sa couverture de laine. Je sais qu'il n'a pas dormi beaucoup non plus. Je l'ai entendu se lever à plusieurs reprises. Je crois qu'il allait observer les Touaregs. Il a dû réfléchir toute la nuit à un moyen de les renvoyer ou de les empêcher de monter jusqu'à nous. De toute évidence, il n'a rien trouvé.

— Seydou. Seydou, lève-toi.

Il s'éveille en sursaut, repoussant son lainage, les poings fermés, les muscles bandés. Visiblement, il ne dormait pas très profondément. Il me regarde, un peu hagard, puis, sans un mot, détourne les yeux vers le bas de la pente en refermant la couverture sur sa poitrine nue.

Près de nous, Ali se lève également. Je distingue sa silhouette encore sombre qui se découpe près du croissant de lune. Son premier regard se porte aussi sur la route en contrebas, là où bivouaquent Alkoye Cissé et ses acolytes.

— Ils sont quatre, peut-être cinq, a-t-il dit hier soir.

Ils ont donc fait la même interprétation que nous du poème d'el Hadj. La bonne nouvelle, c'est que, si les conclusions se recoupent, nous sommes probablement dans le vrai ; la mauvaise, c'est que ni eux ni nous ne voudrons céder notre place autour du monument. L'unique avantage que nous possédions sur eux est qu'ils ignorent encore que nous sommes ici. Il nous faut donc trouver le diamant de lune avant qu'ils ne se décident à monter.

— Aux pioches! dis-je sitôt expédiés les besoins matinaux de la nature. Commencez tout de suite à fouiller la paroi même s'il fait encore trop sombre pour tout distinguer. À mesure que l'aube progressera, nous nous serons débarrassés des veines les plus grosses et les plus visibles.

Sans plus de chemise, la couverture nouée autour du cou telle une cape, Seydou ne conteste pas mes instructions. Muet de fatigue, il s'empare de son piolet et attaque les premières fissures sombres qui se découpent sur la face du monolithe. Dans l'air frais et sec du petit matin, le choc du métal contre la pierre résonne comme une détonation. Amplifié par le silence de l'aube, l'écho se répercute sur les falaises et revient nous frapper de plein fouet.

— Seigneur! murmuré-je. Les Touaregs vont se précipiter vers nous.

Ali me jette un regard catastrophé, mais, devant l'impossibilité de proposer une autre solution, il entreprend à son tour de fouiller la paroi. Résigné également, jetant un dernier regard vers le bivouac qu'illuminent maintenant des lampes à pétrole, je fais moi aussi claquer mon piolet. Des étincelles jaillissent des stries que je martèle avec frénésie. Une seule chose compte maintenant, couvrir le maximum de surface susceptible d'abriter le trésor afin de gagner les Touaregs de vitesse. Même en tenant compte du fait qu'ils n'ont pas encore compris ce qui se passe et qu'ils prendront ensuite leur temps pour rejoindre le monument, nous n'avons pas plus d'une heure devant nous.

Coup, halètement, coup, ahanement, coup, juron… À intervalles réguliers, je regarde en arrière pour m'assurer que n'arrivent pas à la course une bande de tueurs fous en robe noire, un couteau entre les dents. À mesure que la lumière croît, de nouveaux filons apparaissent, plus minces ou moins contrastés, susceptibles eux aussi de servir de cache au trésor d'un caravanier. Au trésor d'un déréglé.

— Au trésor d'un malade qui aurait bien pu laisser tomber les énigmes et donner avec précision l'emplacement de sa cachette !

Je balance le piolet contre le mur de grès en râlant de rage. Une aspérité se détache et vient me heurter le bras. Le pincement que j'en ressens me fait hésiter un peu, juste la seconde nécessaire pour me permettre de reprendre mes esprits. Je prends deux grandes respirations pour achever de me calmer. Seydou me regarde par-dessus son épaule sans ralentir sa fouille. Il ne dit pas un mot ; lui aussi semble épuisé.

Ali s'est déplacé plus haut le long d'un raidillon et lorgne le bivouac tout en poursuivant son travail. Il ne se soucie pas de vérifier si j'ai décidé ou non d'abandonner. Il persiste dans son labeur, encouragé par l'espoir d'avoir eu raison de nous traîner ici, l'espoir de se rendre digne de la faveur de Seydou. Son bras fluet vibre à chaque coup qu'il porte à la pierre et sa détermination, sa persévérance, finissent par m'exhorter à reprendre ma tâche.

Je m'attaque de nouveau aux veines de pierraille et de terre durcie, espérant à chaque frappe dégager une mince strate camouflée il y a deux générations. Mais les rebonds du piolet contre le grès dur et l'écho des chocs qui se répercutent dans mes muscles ne trahissent rien d'autre que la dureté du roc. Le soleil se lève sur la face opposée de la montagne et l'ombre de la Main de Fatima se perd loin derrière nous.

— Toubab! Seydou!

Nous levons la tête vers Ali qui vient de crier. Il a cessé de frapper, mais il désigne de son piolet la pente qui descend derrière nous. Nous suivons la direction qu'il indique et apercevons Ibrahim et son inséparable Boubacar qui approchent. Ils se trouvent encore au pied de la montée, mais ils nous ont aperçus et abandonnent le trop lent Alkoye Cissé pour nous rejoindre. Près des tentes et des véhicules rendus minuscules par la distance, deux autres silhouettes s'affairent autour du campement.

— Trop tard! Ah, les salauds!

Avec une frénésie redoublée, Seydou et Ali se remettent à battre les veines de la paroi. Pas moi. J'en ai assez de me retrouver à la merci d'une bande de marchands qui usent de menaces et d'intimidation pour obtenir ce qu'ils désirent. J'ai encore en moi la rancœur d'avoir abandonné le livre entre leurs mains, de n'avoir pas oser le défendre. Cette fois, j'ai bien l'intention de me battre. L'image brève de la tête ensanglantée d'Abdoulaye Salam me revient en mémoire. Au lieu de m'effrayer, le souvenir me révolte davantage, et je me campe fermement sur mes pieds, le piolet menaçant à la hauteur de l'épaule. Mes pulsations cardiaques carburent à l'adrénaline ; je ressens chaque battement comme un coup violent qui martèle ma poitrine.

Les deux Touaregs ralentissent légèrement en m'apercevant dans cette position agressive, puis, tirant leur poignard, reprennent leur ascension en affichant leur habituelle mine farouche. La peur me gagne. Je la sens dans les tremblements que je réfrène en serrant davantage le manche de mon piolet. Je la sens dans ma gorge qui se noue et dans les frissons qui hérissent les poils de ma nuque. Je la sens dans l'envie de tout abandonner, de renoncer à ce trésor maudit, de laisser là Seydou et Ali, et de courir me mettre à l'abri dans les bras de papa, de maman. Je la sens dans mon ventre juste à côté de mon orgueil. Oui, c'est l'orgueil qui me tient. C'est l'orgueil, mon courage. C'est lui qui assure ma détermination et qui me fera faire face au danger. C'est grâce à lui et à la colère qui me cuirasse que j'entrevois maintenant la voie à suivre.

Plus d'équivoque ni de questionnement, je sais où se situe mon droit. Je sais qu'il me faut défier mes adversaires si je ne veux pas regretter plus tard d'avoir choisi de battre en retraite. Je sais que je ne veux pas vivre tout le reste de ma vie avec le souvenir d'avoir fui. Qu'importe la mort ! J'ai réussi à canaliser mon orgueil comme le voulait le vieux marabout. J'ai appris à m'en servir pour cibler le mauvais et trouver la force de le combattre.

Dans une grimace de comédie, Ibrahim entrouvre les lèvres pour m'exposer ses dents serrées. La lame de son poignard luisant sous l'éclat encore rose du soleil levant, il prend une pose théâtrale et rugit à mon intention :

— Toubab, je commence à en avoir marre de toi. Tu as trois secondes pour t'ôter de mon chemin, ou je te jure qu'à la quatrième tu rejoins le marabout.

Il a à peine le temps de finir sa phrase que je me penche prestement, ramasse une pierre repérée plus tôt, et la lance dans sa direction. Moi qui n'ai jamais montré beaucoup d'adresse au baseball, j'atteins le Touareg en plein visage. La vitesse avec laquelle j'ai exécuté mon attaque ne m'a pas permis d'user de beaucoup de force, mais la surprise fait reculer Boubacar tandis qu'Ibrahim tombe à genoux sous l'impact. Au moment où il se remet sur pied, je lance une deuxième pierre. Cette fois, je manque ma cible, mais oblige mes deux adversaires à revoir leur stratégie. Les poignards bien pointés devant eux à la hauteur de la poitrine, ils s'écartent l'un de l'autre à pas mesurés tout en s'approchant de moi, m'obligeant à me défendre sur deux fronts. Un caillou lancé de derrière moi siffle à mon oreille et va éclater sur une saillie qui se trouve tout près de Boubacar. Je sursaute un peu en voyant apparaître Seydou à mon côté, brandissant son piolet de la main gauche et une pierre de la droite.

— Vous ne nous aurez pas aussi facilement que le marabout, grince-t-il entre ses dents.

Au léger trémolo de sa voix, à l'imperceptible tremblement de sa lèvre inférieure et à la lueur vacillante de ses yeux, je constate qu'il a aussi peur que moi. Mais, pour lui aussi, la colère est la plus forte. Pour lui aussi, l'orgueil, le bon, commande.

Nous avons un avantage non négligeable sur nos adversaires : l'altitude. À trois ou quatre mètres de distance sur un dénivelé aussi prononcé, nous les dominons suffisamment pour les tenir en respect avec les pierres. Nous en lançons chacun deux ou trois avec plus ou moins de bonheur avant que les Touaregs parviennent assez près de nous pour nous toucher. J'esquive avec difficulté un premier assaut d'Ibrahim. Tandis que je cherche à protéger ma poitrine, la lame du poignard entame mon bras juste au-dessus du poignet. Saturé d'adrénaline, je ne ressens pas la douleur. Je contre-attaque d'un coup de pic porté au jugé qui manque sa cible, mais qui oblige mon adversaire à reculer encore une fois. Boubacar, face aux tourniquets qu'effectue Seydou avec son piolet, n'ose que quelques ripostes plus spectaculaires qu'efficaces. Les Touaregs croyaient venir facilement à bout de deux adolescents un peu gauches, mais notre résistance les surprend. Ils improvisent des jeux de bras et de pieds qui n'ont d'autre effet que de les déséquilibrer sur ce terrain qui joue en notre faveur.

— Arrêtez! Suffit!

Alkoye Cissé arrive à son tour. Il a le visage rouge, la sueur ruisselle dans sa barbe. Dans ses mains, il tient un long fusil qu'il prend soin de ne pas pointer vers nous. En le tenant orienté vers le ciel, il cherche à ne pas se montrer menaçant, mais s'assure quand même d'affirmer qu'il est le plus fort.

— Vous n'avez pas le droit de nous empêcher de venir ici, dit-il en me fixant avec morgue.

— Ah non? répliqué-je en essayant de charger ma voix d'autant de mépris. Et vous? Vous aviez le droit de prendre le livre que j'avais acquis honnêtement?

— C'était un échange.

— C'est vrai. Vous avez troqué le bouquin contre le diamant de lune. Maintenant, déguerpissez!

— Espèce de petit arrogant! Le diamant de lune appartient à celui qui saura le trouver.

Un cri strident s'élève tout à coup, comme venu du ciel. Nous levons tous la tête, mais ce n'est pas pour apercevoir un oiseau. Ali, au sommet de la déclivité, vient de retirer un objet d'une cavité qu'il s'obstinait encore à creuser.

Le coffret

Le coffret en ébène, usé par les ans, ne pèse guère plus de deux kilos. Taillés de façon brouillonne, les angles ne semblent pas d'équerre, mais les deux parties formant le couvercle et la base se rejoignent à la perfection. Un petit fermoir en laiton, rayé par le sable, s'éveille au soleil en jetant des reflets dorés. Je le saisis entre le pouce et l'index et le tire doucement. Il répond en glissant difficilement sur ses gonds. Je prends une grande inspiration et hésite avant de soulever le couvercle. Devant moi, les doigts frôlant encore le bois, Ali respire bruyamment. Il a peine à retenir son excitation, le regard fixé sur ma main qui s'apprête à ouvrir le coffret.

Alkoye Cissé, Ibrahim et Boubacar n'ont fait que

quelques pas vers le sommet puis sont restés interdits. Même si Seydou, demeuré planté face à eux avec son piolet, s'efforce encore de donner l'impression qu'il les tient en respect, c'est la surprise et l'expectative qui les immobilisent.

La penture du coffret crisse lorsque je soulève le couvercle.

Ce qui m'a rendu riche, je le remets entre les mains de la fille du Prophète comme on rend un bien emprunté.

Maintenant, tous les visages convergent vers moi, les yeux exorbités, les respirations retenues. Seydou lui-même tourne le dos aux Touaregs pour m'observer. Du coin de l'œil, j'aperçois la mâchoire d'Ali tomber de stupéfaction tandis qu'il regarde le trésor.

— Eh bien, Toubab? lance tout à coup Ibrahim, impatient, mais n'osant bouger de sa position. Ce coffret, c'est celui d'el Hadj ou non? Tu veux que j'aille m'en assurer moi-même?

Ce n'est pas lui que j'affronte, mais son maître, Alkoye Cissé. Je visse mon regard dans le sien et affiche dans mon expression le plus d'aplomb possible malgré le maelström d'émotions qui me secouent. J'emploie mon langage le plus assuré et le plus autoritaire.

— C'est bien le legs d'el Hadj; la légende disait vrai. À la fin de sa vie, le caravanier a choisi de restituer aux esprits du désert ce qui l'avait rendu riche. Comme vous l'avez si bien précisé, le trésor appartient à celui qui le trouve et c'est Ali qui l'a trouvé.

Tout en continuant de fixer Cissé, je m'adresse à Ali.

— Ali, à qui offres-tu le trésor que tu as découvert ?

Ricanant, Seydou traduit immédiatement ma question au Rimaîbê. Sans quitter des yeux le contenu du coffret, la mâchoire toujours pendante, Ali répond en balbutiant :

— Toub... Toubab.

— Je crois que ça clôt la discussion, dis-je en refermant brusquement le couvercle dans un geste théâtral.

Seydou se tourne vers les Touaregs en éclatant d'un rire un peu forcé. Le visage d'Alkoye Cissé s'empourpre de nouveau et, cette fois, il pointe le canon de son fusil dans ma direction.

— Misérable petite vermine blanche ! Ou tu me donnes ce coffret de ton plein gré ou je te troue la peau avant de le saisir moi-même !

J'essaie de ne pas perdre ma superbe en ignorant le plus possible l'œil noir fixé sur moi.

— Vous avez déjà conclu un marché avec moi, dis-je, et nous avons tous deux honoré l'entente. Je suis prêt à répéter l'expérience. Je sais qu'un commerçant comme vous respectera la parole donnée.

— Qu'est-ce que tu racontes ?

— Je vous remets le trésor d'el Hadj en échange du livre.

C'est Seydou, perdant son sourire arrogant, qui réplique à la place de Cissé.

— Quoi ? T'es pas fou ?

— Alors, monsieur Cissé ? Oui ou non ? Le trésor contre le livre.

— Mais attends, t'es barjo ou quoi ? s'écrie Seydou en avançant vers moi. Tu peux pas troquer le livre contre le trésor ?

— Pourquoi ? Il m'appartient, Ali me l'a donné. Moi, je l'échange contre le livre que je rendrai au désert comme le désirait Abdoulaye Salam.

— Mais t'es complètement dingue ! hurle cette fois un Seydou catastrophé. Je ne me suis pas donné tout ce mal pour que tu remplisses les dernières volontés d'un vieux fou !

Je contourne le Peul qui s'est rapproché de moi et descends de deux pas en direction des Touaregs.

— Dépêchez-vous de réfléchir, dis-je. Vous pouvez prendre ce coffret vous-même en ajoutant trois meurtres à votre actif, ou bien vous l'échangez contre un livre qui ne vous sert plus à rien.

— Je ne comprends pas ton offre, réplique le marchand en m'observant d'un œil méfiant. Est-ce bien là dans tes mains le trésor d'el Hadj ?

— Je le jure sur l'âme de mes parents, ce que j'ai de plus cher au monde. Voici le trésor d'el Hadj. Quoi d'autre aurions-nous pu découvrir ici, à l'endroit précis où une énigme nous invite à venir faire des fouilles ? Je veux le livre en échange.

Cissé pousse un long soupir en baissant le canon de son arme. Je me retiens moi-même de soupirer de soulagement.

— Très bien, dit-il, je te l'offre. Il est dans la tente en bas. Mais laisse moi d'abord m'assurer de l'authenticité de ce que tu affirmes posséder.

Je lui tends le coffret dont il s'empare aussitôt de ses mains poisseuses. Ibrahim et Boubacar s'approchent en tendant le cou. Alkoye Cissé soulève le couvercle et laisse aussitôt échapper un juron.

— Par la barbe du prophète ! Mais qu'est-ce que c'est que ça ?

— Le trésor d'el Hadj, dis-je. Ce qui l'a rendu riche. La plume et l'encrier qui lui ont permis, durant toutes ses années de solitude et d'errance, d'exorciser son chagrin d'amour. C'était un véritable poète, qui a su trouver la richesse dans la chaleur des mots, non dans la froideur des pierres.

— Mais… ? Mais la légende ?… Par Allah, qu'est-ce que ça veut dire ? Pendant toutes ces années, les rumeurs qui faisaient état du diamant…

Cette fois, c'est moi qui éclate d'un faux rire, rien que

pour marquer ma victoire, rien que pour rendre la défaite de Cissé encore plus cuisante. Je m'accorde un plaisir cruel à donner ma propre version de la légende.

— El Hadj n'a probablement jamais rien dit à propos du diamant de lune ; peut-être même qu'il n'a jamais trouvé la pierre de lune, le météorite. « *Je suis l'homme à la fois le plus riche et le plus malheureux du monde* » a-t-il écrit. Riche de son talent d'écrire, de sa poésie. Il n'a jamais rien voulu prétendre d'autre. Ce sont les fabricants de rumeurs qui ont présumé qu'il s'agissait du diamant. « *Mais qui a besoin de posséder tout sans celle qui représente tout ?* » Qui a besoin de talent sans celle qui l'inspire ? Sans sa Muse ?

> *Ce qui m'a rendu riche, je le remets entre les mains de la fille du Prophète comme on rend un bien emprunté. Tout ce que j'attends encore, c'est que Le Miséricordieux daigne enfin me prendre avec Lui et m'emmène en Ses jardins où m'attend la mariée de lune.*

Tous deux réunis dans leur paradis désormais, ils doivent bien rire de nous, Rhissa et Aminata.

J'éclate de nouveau de mon rire faux tandis que Seydou se laisse choir sur la pierraille, les mains sur la tête, hébété. Ali en a déjà fait tout autant ; seuls les trois Touaregs semblent persister à fouiller le coffret dans la folle perspective de trouver un double fond, une autre note, une suite à l'énigme. Au bout de quelques secondes, Cissé laisse tomber le coffret qui se fracasse contre la roche.

— Tu m'as joué, petite canaille !

— Pas du tout. À aucun moment, je n'ai menti. Maintenant, à vous de respecter votre part du marché ; je veux mon livre.

— Oh que non ! Je m'en servirai pour rembourser les dépenses que m'a occasionnées cette expédition en le revendant à des collectionneurs.

Je perds mon sourire arrogant.

— Dites plutôt que vous allez le refiler à des aventuriers naïfs qui s'imagineront y trouver les indices leur permettant de mettre la main sur le diamant. Vous êtes un escroc ! Ce livre m'appartient désormais, vous l'avez échangé contre le coffret.

Cissé se livre alors à une hilarité contrefaite qui ressemble à un grognement. Ibrahim et Boubacar l'imitent puis, tous les trois ensemble, comme s'ils s'étaient concertés, se retournent pour redescendre. Ils stoppent net leur mouvement en apercevant cinq hommes qui montent vers nous et que, dans le feu de notre affrontement, nous n'avons pas vus arriver.

— Vous feriez mieux de respecter votre marché, Alkoye Cissé, car à l'accusation de meurtre, nous ajouterons celle de vol.

En apercevant l'homme qui vient de parler, j'ai l'impression que, cette fois, c'est vrai, le soleil m'a tapé trop fort sur la tête.

— Papa?

À ses côtés, un autre visage familier.

— Monsieur Husseini?

— Oncle Husseini? Mais qu'est-ce que tu fais ici?

Papa ne me regarde pas et continue de fixer le marchand. Il a dans les yeux un feu que je ne lui ai jamais connu.

— Heureusement pour vous, trois policiers m'escortent, dit-il, car je me serais fait un plaisir de vous ouvrir le crâne.

— Papa? C'est bien toi qui parles comme ça?

Cissé est sur le point de répliquer, mais note que l'un des trois hommes vêtus d'uniforme le met en joue avec un revolver.

— Veuillez jeter ce fusil, monsieur, dit-il en français. Placez vos mains sur la tête et retournez-vous face au rocher. Je suis l'officier Mohamed Sounfountera et, dès maintenant, vous êtes en garde à vue.

Les deux autres policiers, armés chacun d'un fusil-mitrailleur, désignent Ibrahim et Boubacar.

— Laissez tomber vos poignards sur le sol, s'il vous plaît.

Pendant que les hommes s'exécutent, papa daigne enfin se tourner vers moi. Lui, d'habitude si apathique, affiche maintenant une kyrielle d'émotions contradictoires sur son visage. Colère et soulagement, bonheur et irritation… Toutes se succèdent à un rythme soutenu sans qu'aucune se fixe plus d'un instant. Je ne sais pas comment réagir.

À ses côtés, monsieur Husseini se précipite vers Seydou pour le serrer dans ses bras. Je n'en suis pas certain, car je ne l'aperçois que du coin de l'œil, mais je crois qu'il pleure. Mon père et moi n'ayant pas l'habitude d'être très démonstratifs, instinctivement, lorsqu'il avance vers moi, je recule d'un pas.

— Quentin, bon Dieu! J'étais mort d'inquiétude.

Il a parlé avec soulagement, sans colère, en ouvrant en partie les bras comme pour me donner l'accolade, mais en se reprenant aussitôt.

— Ta mère aussi; elle est dans tous ses états. Enfin, tu la connais.

J'émets un petit rire nerveux.

— Elle… elle est au courant de ma… fugue?

— Ta mère a l'habitude d'appeler tous les deux jours depuis ton arrivée en Afrique. Tu devines bien que, après presque une semaine, Aïssata a cessé de lui mentir et a fini par lui raconter ce qui se passait.

— Comment…? Comment êtes-vous arrivés jusqu'ici? demandé-je sans cacher une expression admirative. Comment nous avez-vous retrouvés?

Il passe une main dans ses cheveux en regardant le

sol dans un geste de timide humilité. Il relève les yeux vers moi puis, en désignant les hommes en uniforme, déclare :

— Le jour même de votre départ, l'officier Sounfountera et ses hommes sont arrivés chez nous. Ils étaient à votre recherche. Des voisins d'Abdoulaye Salam venaient de trouver son cadavre et avaient dit aux policiers qu'ils vous avaient vus rendre visite au vieil homme le jour de sa mort. Ils avaient vu également les deux Touaregs. Les policiers ont soupçonné ces hommes du meurtre, car plusieurs personnes au marché, dont un vendeur du nom d'Amadou Diarra, s'étaient plaints de leur comportement agressif. Mohamed… L'officier Sounfountera espérait donc obtenir de vous des renseignements permettant de les retrouver. En constatant votre disparition, on a fait le recoupement et pensé qu'ils vous avaient enlevés, voire tués. Des chauffeurs de taxis-brousse à Djenné nous ont mis sur votre piste, puis nous vous avons perdus de nouveau à Mopti. Là-bas, des témoins ont fini par nous dire qu'ils avaient vu un jeune Toubab dans la pinasse d'un certain Youssouf parti pour Tombouctou. Les policiers ont contacté leurs collègues de cette ville dans l'espoir d'intercepter l'embarcation à son arrivée à Korioumé. Comme vous n'étiez plus à bord, les agents de là-bas n'ont pas poussé leurs recherches plus loin.

« De retour à Djenné, le vendeur Amadou nous a

appris que les Touaregs étaient des acolytes d'Alkoye Cissé à Tombouctou. Puisque les policiers de la ville avaient abandonné votre piste, nous avons décidé, Husseini et moi, de concert avec Mohamed et ses hommes, d'aller nous-mêmes sur le terrain afin de vous retrouver. À Tombouctou, on vous a manqué de peu. On a d'abord pensé que l'expédition du marchand vers Hombori ne vous concernait pas puisque vous aviez quitté la résidence la veille. Les policiers se préparaient à partir seuls à la recherche des présumés assassins quand nous avons appris, par des chauffeurs de taxi, qu'un de leurs collègues était parti à Hombori avec trois adolescents… dont un Toubab. »

Il étire un sourire qui peut tout aussi bien illustrer sa joie de m'avoir retrouvé que sa satisfaction d'y être parvenu malgré les difficultés.

— Et nous voilà ! conclut-il en ouvrant les bras.

— Papa, je… T'es pas fâché ?

Il perd son sourire.

— Comment si je ne suis pas fâché ? Je suis dans une colère folle. Il y a une sacrée punition qui t'attend.

— Je… je vais t'expliquer tout. Tu verras, c'est…

— Même pour sauver le monde, tu n'avais pas le droit de nous donner autant d'inquiétude, à ta mère et à moi. Tu n'as aucune idée de ce qu'éprouvent des parents à penser que leur enfant court les pires dangers, qu'il est poursuivi par des assassins.

189

— Je… je suis désolé.

— Oh, tu peux l'être.

— Merci, papa.

Il me regarde, une authentique confusion dans les yeux.

— Pourquoi merci ?

— De t'inquiéter pour moi.

Épilogue

L'horizon n'existe plus. Le sable et le ciel se confondent en un lavis ocre qui monte de la terre jusqu'au zénith. Le soleil lui-même n'est plus qu'une boule vaguement jaunâtre, un gros ballon suspendu au-dessus du vide. Au centre de ce paysage monochrome et cuivré, nous nous sentons comme des insectes qui contemplent le monde à travers leur prison d'ambre. Les buissons, soufflés par un vent qui s'intensifie, courbent l'échine jusqu'à vouloir s'enfouir sous le sable. Les rafales cinglantes nous rabotent le visage, le cou, les mains et toute partie du corps non protégée. J'ai enroulé un chèche autour de ma tête et remonté le voile sur mon nez. La tempête n'est pas encore commencée, mais elle ne tardera plus. Nous avons parqué les dromadaires dans un abri non loin ; il nous faut faire vite pour ne pas nous perdre ou nous laisser ensevelir sous le sable du Sahel.

— Ici, ça va ? demande papa avant de s'étouffer, noyé de sable.

Malgré ses cris pour couvrir les hurlements de la tempête, je l'ai à peine entendu. Je tourne le dos au vent pour prendre un répit sous les rafales qui brûlent comme le souffle d'un séchoir.

Les dunes présentent des lignes douces, mais instables et fugitives, semblables à des vagues sur la mer. Leurs courbes mouvantes ondulent et serpentent dans la fougue des éléments. Demain, ou ce soir, ou dans une heure, aucun indice ne permettra plus de reconnaître le point précis où j'aurai déposé le livre et le coffret de Rhissa ag Illi el Hadj. Je reste penché un moment sur le legs du poète éploré, sur son œuvre forgée de chagrin, mes doigts caressant une dernière fois le cuir et le bois. J'adresse une pensée à Abdoulaye Salam qui est pour moi davantage lié au trésor que le caravanier.

— J'espère que je ne vous déçois pas, dis-je sans me soucier de baisser le ton dans les hurlements du vent.

Je sais, au moins, que je ne déçois pas mon père. Il me l'a dit plus tôt. Il m'a dit que, même si j'avais agi en écervelé, j'avais au moins été fidèle à la parole d'un homme sage. Selon lui, j'ai su peser le pour et le contre pour prendre la décision qui était, non pas la plus logique, mais celle qui importait le plus à mon cœur. Oh, je n'ai pas su employer les bons moyens, a-t-il précisé, mais je suis resté loyal. J'ai su trouver la subtile différence entre l'orgueil et l'honneur de la parole donnée. Moi, je croyais plutôt avoir trouvé la subtile différence entre l'orgueil et le courage.

Peut-être l'orgueil est-il tout cela, finalement. Peut-être suffit-il d'apprendre à le contenir et à le harnacher pour profiter de l'honneur, de la loyauté et du courage. Oui, tout n'est peut-être qu'orgueil.

— Tu ne retourneras pas au Canada tant que tu ne m'auras pas prouvé que tu as appris quelque chose de ton aventure, m'a dit papa. Tu resteras ici tant que monsieur Atoï ne sera pas satisfait de tes progrès.

— Merci, papa.

— Pourquoi merci ?

— Je ne veux plus partir maintenant ; j'adore le Mali.

Je me redresse d'un seul mouvement et abandonne sous la poussée des éléments le coffret qui culbute et le livre dont les pages s'ouvrent. Comme pressé de retrouver enfin son héritage, le désert soulève aussitôt des lames de sable qui enserrent le coffret et abattent les pages folles. La bourrasque entraîne les deux objets sur le versant de la dune, puis les éloigne l'un de l'autre. Le coffret disparaît un moment, remonte en surface et semble flotter sur les vagues platinées. Le livre agite ses pages qui s'ébattent pareilles à autant de petits bras cherchant à s'agripper à une impossible bouée. Enfin, le vent pousse un hurlement assourdissant, un véritable cri de triomphe ; le désert ouvre son ventre et avale le chagrin du maître de la caravane des 102 lunes.

Remerciements

Merci à Abdouhamane Ali Touré et à sa femme Amaméga pour leur hospitalité et leur gentillesse. Avec eux, j'ai appris mille petits riens qui font que la vie au Mali est celle-là, et pas une autre.

Merci à Atoïbara Kemara Dolo et à Amaïbé Dougnon pour leur amitié.

Visitez le site de l'auteur à :
www.chez.com/camillebouchard

Table des matières

MISE EN PAGES ET TYPOGRAPHIE :
LES ÉDITIONS DU BORÉAL

CE QUATRIÈME TIRAGE A ÉTÉ ACHEVÉ D'IMPRIMER EN JUIN 2008
SUR LES PRESSES DE L'IMPRIMERIE MÉTROLITHO
À SHERBROOKE (QUÉBEC).